القصة القصيرة
في مجلة الهلال
(1892-1980)

دراسة نقدية للقصص القصيرة في مجلة (الهلال) المصريّة مع تحليل للظروف السياسية والاجتماعية والاقتصادية التي رافقت مسيرة هذا الفنّ القصصي ومسيرة المجلة.

تأليف
الدكتور عوني أحمد صالح تغوج

دار جليس الزمان للنشر والتوزيع

شارع الملكة رانيا- مقابل كلية الزراعة- عمارة العساف- الطابق الأرضي, هاتف:

0096265356219 -- فاكس 009626 5343052

الطبعة الأولى

2011

المملكة الأردنية الهاشمية

رقم الإيداع لدى دائرة

المكتبة الوطنية

(2010/9/3401)

813.09

تغوج، عوني أحمد صالح

القصة القصيرة في مجلة الهلال 1892-1980 / عوني أحمد صالح تغوج

عمان : دار جليس الزمان 2011.

الواصفات: القصص العربية // النقد الأدبي // التحليل الأدبي // مجلة الهلال

ردمك: ISBN 978-9957-81-124-2

يتحمل المؤلف كامل المسؤولية القانونية عن محتوى مصنفه ولا يعبر هذا المصنف عن رأي دائرة المكتبة الوطنية أو أي جهة حكومية أخرى

بسم الله الرحمن الرحيم

تمهيـــد

تكاد المجلات والدوريات سواء ما كانت منها ثقافية عامة، أو أدبية متخصّصة تكون المصدر الأول لأي باحث في الأدب الحديث وذلك لأن الفنون الأدبية الحديثة بأنواعها المختلفة غالباً ما تجد مكانها الأول حال ظهورهـا في صفحـات مجلـة أو صحيفة. وبظهـور هـذا الأثر الأدبي في الصحافة يكتسب قيمة خاصة وأهمية كبيرة مـن حيـث دلالتـه على التطـور الفنـي والفكري لصاحبها، ودلالته على طبيعة اتجاهات المجلة ، واهم من ذلك كله دلالة الأثر عـلى مدى وكيفية معايشة الكاتب للقضايا والظروف التي تحيط به.

وقد بدأ اتصالي بهذه المجلات أثناء دراستي الجامعيـة الأولى، ثـم زاد هـذا الاهـتمام وترسّخ في مرحلة الدراسات العليا بفضـل متابعـة وتوجيهـات الـدكتور الأستاذ عبـد الـرحمن ياغي الذي ما فتيء يرشدنا إلى هذه الصحف والمجلات ويدلنا على كيفية الاستفادة منها.

وقد لمست فعلياً أثناء قيامي ببعض متطلبات الدراسـة الجامعيـة الامكانيـة الرحبـة التي تتيحها هذه المجلات لاختيار مواضيع للرسائل الجامعية.

وبعد إلمامة متأنّية بمواضيع عدد من المجلات كالمشرق والضياء والمقتطف والهلال وغيرها وجدت موضوع القصة القصيرة جديراً بالدراسـة في احـدى هـذه المجـلات، وكـان رأي أستاذي المشرف الأستاذ عبد الرحمن ياغي أن أدرس القصة القصيرة في مجلة "الهلال" وكانت المبررات في اختيار "مجلة الهلال" واختيار "القصة القصيرة" فيها مبررات منطقية قوية قضت على كل شعور لديّ بالتردّد.

فالهلال أطول المجلات الثقافية والأدبية عمراً، فقد بدأت بالصدور عام 1892م. ولا تزال تصدر حتى أيامنا ، كما مرّ على "الهلال" حين من الدهر كانت فيه أقوى المجلات انتشاراً وشعبية في مصر والوطن العربية وخارج البلاد العربية حيث توجد أقليات عربية، ولا تزال "الهلال" إلى أيامنا محتفظة بقسط من ذلك الرواج والانتشار.

يضاف إلى ما سبق أهمية منشيء الهلال ورئيس تحريرها المفكّر والمؤرخ جورجي زيدان الذي لا ينكر فضله ودوره الكبير في النهضة العلمية والادبية الحديثة، هذا إلى جانب كون "الهلال" ملتقى لأقلام كبار الأدباء والمفكرين من مصر وخارج مصر ممن أغنوها بأبحاثهم ومقالاتهم.

وفيما يتعلّق بأسباب اختيار القصة القصيرة فترجع إلى أن "الهلال" قد أولت هذا النوع من الفنون الأدبية اهتماما كبيراً منذ مرحلة مبكرة سنة 1914 وظلت تفسح له وتزيد من عنايتها به بأساليب وطرق كثيرة حتى غدا باب القصة القصيرة من الأبواب الثابتة فيها إلى جانب تخصيص أعداد خاصة بالقصة القصيرة.

وقد تطلّب مني البحث قراءة وتلخيص وتصنيف ما كتب من قصص في أكثر من ثمانمائة عدد من أعداد "الهلال"، ولحسن الحظ تمكّنت من الحصول على أعداد السنوات العشرين الأخيرة من "دار الهلال" في القاهرة وذلك بوساطة الدكتور سعد أبو ديّة الذي يعمل حاليا في جامعة اليرموك، وبموافقة وتسهيل من السيد صبري أبو المجد أحد كبار المسؤولين في "دار الهلال" ومن كبار الكتّاب المعروفين في مصر.

ولم تقتصر القراءة وتدوين الملاحظات على القصص، فكان لا بدّ من ملاحظة حركة المجلة كلّها، وكان لا بدّ من دراسة متأنّية استغرقت أكثر من

عام لحياة مصر الصحافية والاقتصادية والسياسية والاجتماعية والثقافية فيما يزيد عن مائة عام، وخرجت من هذه الدراسة بنتائج هامة تتصل بحركة المجلة وحركة القصة القصيرة أوثق اتصال.

واذكر ان فرز أنواع القصص وحصرها والإحاطة بها في صورتها الكلية والجزئية كان أمراً محيّرا ومثبطا أحيانا، وكانت كل مجموعة من القصص تحتاج عند دراستها إلى التكثيف والتنقيح عدة مرات، غير أنني كنت أكتشف مع كل خطوة من خطوات هذا البحث الحكمة في فهرسة وتبويب هذه الدراسة على النحو الموجود والذي آرتآه لي الأستاذ المشرف مما جنّبني الوقوع في مزالق وعثرات كثيرة كان يمكن أن أقع فيها لو كان التبويب والترتيب في فصول البحث على نحو آخر.

هذا وقد جاء ترتيب البحث – مقسما على ثلاثة فصول – على النحو التالي:

الفصل الأول، وفيه ألممت بملامح عامة عن حياة مصر الاقتصادية والاجتماعية والسياسية والثقافية من عام 1850 حتى 1980، كما أحطتّ بملامح عامة عن دور الصحافة ودور مجلة "الهلال" في حركة المجتمع المصري ، وبفكرة عامة عن دور القصة القصيرة في مصر ، ودور "الهلال" في تشجيع القصة القصيرة.

الفصل الثاني، وفيه عرضت للقصة القصيرة في "الهلال" موضّحا أنواعها، محاورها، اتجاهاتها، كتّابها، وقسّمت دراسة القصة القصيرة في هذا الفصل والذي يليه إلى مرحلتين:

المرحلة الأولى: 1892-1969

المرحلة الثانية: 1969-1980

وذلك نظراً لما لمسته من تغيّرات وفروق واضحة ميّزت كل مرحلة عن الأخرى.

وفي الفصل الثالث، درست البناء الفني لهـذه القصص وحاولت أن أقيّم الـدور الـي قامت به من حيث تطوّرهـا الفني أو أسلوبها في المواضيع التي عالجتها، وأنهيت البحث بنماذج توضيحية مختارة.

الفصل الأول

واقع المجتمع العربي في مصر بعامة
ودور الصحافة، والهلال، والقصة القصيرة
(1980-1850)

الفصل الأول
واقع المجتمع العربي في مصر بعامة
ودور الصحافة، والهلال، والقصة القصيرة
(1980-1850)

1- الملامح الاقتصادية لمصر (1850-1980):

منذ منتصف القرن التاسع عشر حتى بداية ثورة يوليو 1952 عاشت مصر في ظل أوضاع اقتصادية متدهورة، وقد مهّد لهذه الأوضاع فشل سياسة محمد علي الزراعية والصناعية رغم سلامة الأسس المالية التي اتّبعها، ورغم تركه مصر بلا ديون([1])، وقد كان استسلام محمد علي للدول الأجنبية عام 1840 بداية تغلغل اقتصادي استعماري في مصر أدّى فيما بعد إلى تبعية اقتصادية وسياسية كاملة للاستعمار البريطاني([2]).

ويمكن أن نرجع أسباب فشل مصر اقتصاديا طوال هذه المدة إلى ثلاثة أسباب رئيسية لا يمكن فصل أحدها عن الآخر نظراً لترابطها الوثيق، والسبب الأول يعود إلى تجمّع الاقتصاد في أيدي كبار الاقطاعيين والطبقة المالكة، الذين ابتدأ تملّكهم الفاحش للأرض منذ عام 1842 واستمر حتى وصل في سنة 1950 إلى حدّ أصبح فيه 99% من الفلاحين يملكون 48% من الأراضي

(1) جورج كيرك، موجز تاريخ الشرق الأوسط (القاهرة: مركز كتب الشرق الأوسط، 1957) ص157.

(2) لوتسكي، تاريخ الأقطار العربية (موسكو: دار التقدم، 1971) ص146.

المفلوحة، بينما الاقطاعيون ويشكلون 1% يملكون 52% من مجموع الأراضي الزراعية([1])، وقد عملت هذه الفئة دائماً حتى وهي تسعى لتوطيد مركزها ضد الانجليز أو السلاطين على حفظ امتيازاتها الطبقية من خلال التشريعات المالية المختلفة دون التفات إلى مصلحة الشعب والوطن([2])، أما السبب الثاني فهو الاستعمار البريطاني الذي كرّس جهوده لاستغلال مصر واقتصادياتها في أوقات السلم والحرب ليكفل لنفسه المواد الخام.. أو حفظ الخطوط.. أو الأيدي العاملة([3])، والسبب الثالث يعود إلى حكام مصر من خلفاء محمد علي الذين كانت تنقصهم الحكمة وبعد النظر في مصالح البلاد، عدا خيانتهم لشعبهم ووطنهم كلما تعرضت عروشهم للخطر([4]).

وتتلخّص حالة مصر من الناحية الزراعية طوال مدة حكم محمد علي بشيوع الملكية الخاصة، بما رافقها من مظالم كبيرة، وبقاء الفلاحين معدمين من الناحية الفعلية، وقصر الاعتماد على القطن، وقلة المساحات الزراعية المضافة رغم تزايد أعداد الفلاحين([5]).

---

(1) مولود عطا الله، نضال العرب من أجل الاستقلال الاقتصادي (موسكو: دار التقدم، 1971) ص70.

(2) عبد العظيم رمضان، صراع الطبقات في مصر (القاهرة: المؤسسة العربية للدراسات والنشر، 1978) ص78، 119، 223.

(3) تاريخ الاقطار العربية، ص 446.

(4) شحاته عيسى ابراهيم، الكتاب الأسود للاستعمار البريطاني في مصر (القاهرة: الدار القومية للطباعة والنشر 1965) ص142.

(5) روبرت مابرو، الاقتصاد المصري 1952-1972 (القاهرة: الهيئة المصرية العامة للكتاب، 1976) ص38.

أما الحالة الصناعية، فقد اتّصفت أيضاً بتدهور الصناعات والحرف الخفيفة، وبوجود نظام جمركي يعيق تطور الصناعة([1])، وقد أهملت الصناعة بسبب سياسة الانجليز التي اقتصر همّها على الحصول على المواد الخام الزراعية.

أمّا النشاط التجاري، فقد ظلّ بصفة عامة هزيلا، وذا علاقة غير متكافئة مع بريطانيا والدول الأجنبية([2])، وبالنسبة للنشاط والحركة المالية فقد ظلّ رأس المال الأجنبي يمارس دوره المدمّر لاقتصاد مصر، دون الوقوف عند حدّ الديون والفوائد الربوية الباهظة التي تحمّلتها مصر من جّراء فتح قناة السويس وما جرّته من ويلات، فقد أطبقت البنوك الأجنبية والمستثمرون الأجانب على جزء كبير من الاراضي، والمباني، والمرافق العامة، من كهرباء، ومياه، ووسائط نقل، وغيرها([3]).

ولا ننسى أن نشير في ظل هذا القتام إلى وجود بريق من الضوء نتج عن انشاء بنك مصر، حيث بدأ هذا البنك نشاطه المالي بعد الحرب الثانية مساهما في النشاط الاقتصادي زراعياً، وصناعياً، ممّا اعتبره بعض الدارسين ميلاد الاستقلال الاقتصادي المصري([4]).

---

(1) صراع الطبقات في مصر، ص 130.

(2) تاريخ الاقطار العربية، ص 146.

(3) تاريخ الأقطار العربية، ص 238.

(4) صراع الطبقات في مصر، ص 99.

ونتيجة لما سبق كلّه من أوضاع فاسدة، فقد انخفض الدخل القومي بمقدار 20% من سنة 1900 حتى 1945 مع ارتفاع طفيف بعد ذلك بفضل جهود واستثمارات بنك مصر([1]).

وهكذا فإنه قبل ثورة يوليو كانت البلاد على حافة كارثة اقتصادية([2])، كساد في الانتاج الصناعي... وزيادة في عدد الفلاحين ... وفقر مدقع يعمّ الجماهير وجاءت الثورة لتجد أمامها جميع هذه المشاكل ، فبدأ بسنّ قوانين الاصلاح الزراعي، وانشاء المشاريع وتنفيذها، واتاحة الفرص أمام البرجوازية المصرية لتساهم في عملية البناء، كما اتجهت إلى تاميم قناة السويس، وعدد من الشركات([3])، ولكن ذلك كله لم يكن كافيا، فصدرت قرارات 1960، 1961 التي أمّمت عددا كبيراً من الشركات والبنوك، واستولت على قسم كبير من أموال البرجوازية المصرية التي أبت المساهمة في حركة التنمية الاقتصادية([4])، وحصلت الثورة بموجب هذه القرارات على مليار جنيه، وإلى جانب ذلك بدأت الخطط الخمسيّة وسيطرة القطاع العام اعتبارا من 1955 حتى 1965([5]) حيث حقّق الدخل القومي ارتفاعا مقداره 6% محقّقا بذلك أضعاف أضعاف الزيادة في الدخل القومي من 1913-1955. هذا عدا ما تمّ انجازه

---

(1) الاقتصاد المصري 1952-1972، ص 23.

(2) لوتسكيفتش، عبد الناصر ومعركة الاستقلال الاقتصادي (بيروت: دار الكلمة، 1980، ص19.

(3)عبد الناصر ومعركة الاستقلال الاقتصادي، ص 20، 21.

(4) فؤاد مرسي، هذا الانفتاح (القاهرة: منشورات صلاح الدين، 1977) ص30.

(5) يوسف أبو حجاج "سياسة الانفتاح الاقتصادي"، كتابات مصرية 3 (بيروت: دار الفكر الجديد، 1975) ص 94.

من تقدّم زراعي، وصناعي، وتجاري، تحت قيادة نشطة، وعلى درجة عالية من الكفاءة([1]).

بعد ذلك ومنذ أواسط الستينات بأخذت عوامل عديدة تتضافر لتنحرف بمسار مصر الاقتصادي، منها طبيعة النظام نفسه الذي افتقد قيام حلف وطني ديموقراطي بينه وبين القوى الوطنية والشرائح الاجتماعية صاحبة المصلحة([2])، وتحايل أصحاب الأموال، وهزيمة 1967، وحرب اليمن، ووقف المعونة الامريكية([3])، وترك القطاع العام وحده دون تخطيط اقتصادي واجتماعي متكامل، وارتفاع الدين الخارجي، ونمو القطاع الخاص داخل الريف وفي المدن، وظهور نشاط رأس المال الطفيلي... كل ذلك أدى تدريجيا إلى تطبيق سياسة الانفتاح الاقتصادي وكانت القوانين الحكومية التي تتابعت في أعوام 1971، 1974، 1975، كفيلة بتصفية أملاك الدولة لمصلحة القطاع الخاص، وايصال كبار الرأسماليين، وملاّك الأراضي إلى السيطرة على معظم مقاعد مجلس الشعب، والاتحاد الاشتراكي([4])... وهكذا تربعت على عرش السلطة الاقتصادية فئة اجتماعية من أصحاب الملايين يقدّر عددها بالألوف مكونة من فئات تجارية ربوية، وتجارية صناعية، من التجار، والمموّلين، والمقاولين، والوكلاء، وتجار الجملة، مع غلبة الطابع الطفيلي الانتهازي، هذا

(1) الاقتصاد المصري 1952-1972، ص 108.

(2) حازم أمين "موقف اليسار من جمال عبد الناصر"، كتابات مصرية 3، ص 194.

(3) هذا الانفتاح، ص 204.

(4) هذا الانفتاح، ص 279.

إلى جانب فئات بيروقراطية في قيادات الدولة والقطاع العام، من أصحاب الدخول المرتفعة، بفضل صلاحيات مراكزهم([1]).

وكان طبيعيا أن يؤدي ذلك كله إلى علاقة تحالف بين هذه الفئات، وبين الرأسمال العالمي، أصبح فيها الاقتصاد المصري في حالة تبعية للرأسمال العالمي، وغدا هذا الوضع يهدّد الاستقلال الوطني سياسيا واقتصاديا نتيجة طبيعة الفساد والافساد في هذه الطبقة.

ويعيش الشعب المصري الآن حالة فقر حقيقية، كما تثبت الأوضاع الراهنة الملموسة، والدراسات والاحصائيات المختلفة([2]).

2- الملامح السياسية لمصر (1850-1980)

بدأت مصر مرحلة جديدة من تاريخها منذ عام 1840، حيث عقدت معاهدة لندن، وتمّ الاتفاق بين بريطانيا وروسيا وبروسيا والنمسا على أن تنسحب قوات محمد علي من بلاد الشام، وتبقى مصر له ولأبنائه من بعده([3]).

ومنذ هذا التاريخ أخذت مصر تشهد المزيد من فنون التدخل الأجنبي، وبخاصة البريطاني، ووصل هذا التدخل إلى أخطّر مراحله في عهدي محمد سعيد واسماعيل، اللذين ورّطا البلاد في ازمات اقتصادية جسيمة، وديون باهظة، أثر حفر قناة السويس، وأثر مشاريع أخرى، كان ضررها أعظم بكثير

(1) هذا الانفتاح، ص 137.

(2) محمد حسنين هيكل، جريدة الرأي، نقلا عن "صباح الخير" المصرية، عدد 42663، 27 كانون الثاني، 1982، ص 1.

(3) تاريخ الأقطار العربية، ص 146.

من نفعها(1)، وقد انعكس ذلك كلّه بأسوأ النتائج على الفلاحين الذين أثقلت كواهلهم مختلف أنواع الضرائب، كما عانى منها الموظفون والجيش وسائر طبقات الشعب، مما أدّى أخيراً إلى ثورة عرابي عام 1881 التي طالبت بتحسينات مهنية في بادئ الأمر، ثمّ بمطالب سياسية فيما بعد(2).

وكان من أبرز رجالات هذه الثورة : - جمال الدين الافغاني، وعبد الله النديم، ومحمد عبده، وأديب اسحق، وانتهت الثورة باحتلال بريطانيا لمصر احتلالا عسكريا مكشوفا، بفعل خيانة القصر، والفئة المستوزرة، والاقطاع، وغدت مصر مستعمرة يحكمها ويديرها فعلا مندوبون بريطانيون، أمثال: كرومر، وغورست وكتشنر، وألنبي(3).

أعقب هذه الفترة حتى الحرب العالمية الأولى، فترة ركود، وذل وطني باستثناء حركة الحزب الوطني، ومحاولات مصطفى كامل، ومحمد فريد الوطنية(4)، وقد تميّز قادة النضال الوطني في هذه المرحلة بضعف ايمانهم بحركة الجماهير الشعبية، مما جعل النضال الوطني يتركز سياسيا خارج حدود مصر، وفي عواصم البلاد الغربية(5)، وكان من أبرز ما حققته الحركة الوطنية في هذه المدة هو الأثارة الاعلامية لجريمة دنشواي التي تمّ عزل كرومر على أثرها(6).

(1) موجز تاريخ الشرق الأوسط، ص 123، 170.

(2) تاريخ الأقطار العربية، ص 242.

(3) الكتاب الأسود للاستعمار البريطاني في مصر، ص 142.

(4) محمد محمد حسين، الاتجاهات الوطنية في الأدب المعاصر (بيروت: مؤسسة الرسالة، ط4، 1980) ص195.

(5) تاريخ الأقطار العربية، ص 286.

(6) الكتاب الأسود للاستعمار البريطاني في مصر، ص 110.

ومع نشوب الحرب العالمية الأولى، واتجاه المانيا نحو الشرق، فرضت بريطانيا الحماية على مصر وفصلها عن تركيا رسميا([1])، وترتب على هذه الحماية أن وضعت مصر بمواردها البشرية، والمالية، تحت خدمة الاحتلال، مما تسبّب في خساره مصر اقتصاديا خسارة تقدّر بملايين الجنيهات، إضافة إلى ثلاثين ألف مصري قتلوا في فيالق العمل التي كانت تساعد في مهمات الحرب([2]).

وبعد الحرب مباشرة ظهرت قيادة الوفد بزعامة سعد زغلول، وذهب سعد إلى بريطانيا لاجراء المفاوضات، ولكن وزير خارجيتها كيرزن، رفض استقباله([3])، وهنا تطورت الأحداث الوطنية لتشهد مصر واحدة من أعظم ثوراتها فشبّت ثورة 1919 التي اشتركت فيها جميع طبقات الشعب المصري، ومع أن هذه الثورة انتهت بلجان التحقيق والوعود البريطانية الكاذبة، والعودة إلى المفاوضات، الا أنها تعتبر الشرارة الحقيقية التي تولّدت عنها جميع الانجازات الوطنية فيما بعد([4]).

بعد هذه الثورة، وأثناء فترة ما بين الحربين دخل العمل الوطني مرحلة المفاوضات بقيادة الوفد حينا، والوزارات الأخرى أحيانا، واتّسمت الأوضاع في مصر عموما آنئذ بسياسة الظلم والقهر والاستعباد وسوء الأحوال

---

(1)موجز تاريخ الشرق الأوسط، ص 183.

(2)تاريخ الأقطار العربية، ص 446.

(3)نجلاء عز الدين، العالم العربي (القاهرة: دار احياء الكتب العربية بالتعاون مع مؤسسة فرانكلين، ط2، 1962) ص151.

(4)رفعت السعيد، تاريخ الحركة الاشتراكية في مصر (بيروت: دار الفارابي، ط2، 1975) ص56.

الاقتصادية([1])، وانتهت هذه المرحلة بقيام انتفاضة شعبية عام 1935 تمخضت عنها اتفاقية 1936 التي أعطت مصر قسطا من الاستقلال لكنها ظلت تكبّلها بعدد من القيود، أهمّها بقاء القوات البريطانية في مصر([2]).

لكن بريطانيا عادت مرة ثانية لتسخير موارد مصر خدمة لمصالحها أثناء الحرب العالمية الثانية، وعادت المفاوضات بينها وبين الحكومات المصرية سيرتها الأولى، الاّ ان هذه المرحلة تميّزت بالعنف، وبمقاطعة جنود الاحتلال، وبقطع التوريد عنهم، ونشبت مظاهرات دموية عامي 1945، 1946 قمعت بشدة وعنف وانتهت الأمور بعرض القضية على هيئة الأمم المتحدة([3]).

ويمكن أن نلخص سمات الحياة السياسية في مصر بعد الحرب الثانية بأنها اتصفت بالسياسة الحزبية وخيانة السري وفساد الأوضاع عموماً.

وقد تنازعت مصر خلال الفترة التي سبقت ثورة يوليو تيارات سياسية هي: تيار الجامعة الاسلامية، وتيار الرابطة العثمانية، ثم الرابطة الوطنية الاقليمية([4])، ويمكن القول أن النضال الوطني في مصر ارتبط ارتباطا قويا بتيار الرابطة الوطنية منذ مراحله الأولى، كما تجدر الاشارة إلى أن السياسة المصرية ظلّت حتى الثلاثينات تتّصف بالسياسة الوطنية الاقليمية، وجاءت قضية فلسطين فيما بعد لتكون العامل الحاسم الذي حوّل السياسة المصرية نحو سياسة عربية شاملة([5]).

---

(1) صراع الطبقات في مصر، ص 36، 38.

(2) محمد جابر الانصاري، تحولات الفكر والسياسة 1930-1970 (الكويت: سلسلة عالم المعرفة، 1980) ص95.

(3) الكتاب الأسود للاستعمار البريطاني في مصر، ص 198، 225.

(4) علي محافظة، الاتجاهات الفكرية عند العرب (بيروت: الاهلية للنشر والتوزيع ، 1975) ص123.

(5) تحولات الفكر والسياسة: ص 136.

بعد مظاهرات واضطرابات ونزاعات ما بعد الحرب الثانية، وبعد معارك الجلاء أقبلت ثورة يوليو 1952 فألغت الاحزاب، وطردت فاروقا، وأعلنت الجمهورية وبدأت بتنفيذ خططها ، ومشاريعها الاصلاحية، بعد أن تمّ الجلاء نهائياً([1]).

ما لبثت مصر بعد ذلك أن تعرضت لعدوان 1956 أثر تأميم القنال وتأميم البنوك والشركات الاجنبية، لكنها خرجت منتصرة سياسيا([2])، وشهدت مصر مزيدا من الضغوط السياسية والاقتصادية من دول الغرب بعد ذلك، وازاء هذه الضغوط، وازاء تقاعس البرجوازية المصرية عن تشغيل أموالها، وآتجهت مصر نحو السوفييت([3])، ومنذ ذلك الحين شملت مصر فترة ازدهار وتقدّم عام حتى سنة 1967([4]) إذ تضافرت ظروف الحرب مع اسرائيل مع حرب اليمن، وجاءت بعدها وفاة عبد الناصر، لتبدأ منذ السبعينات([5]) مرحلة التراجع عمّا حققّته ثورة يوليو، وبدلا من أن تكون سنة العبور "1973" بداية مرحلة مشرقة في تاريخ مصر، كانت بداية اتجاه جديد تمّ فيه الرهان على أمريكا لحل القضية الوطنية، وعلى سياسة الانفتاح الاقتصادي لحل المشاكل الاقتصادية([6]) ، وقد ارتبط هذان العنصران، وبدأ العنصر أو العامل الاقتصادي يتّخذ أبشع مظاهره السلبية في التاثير على الحياة

---

(1) الكتاب الأسود للاستعمار البريطاني في مصر، ص 227.

(2) الكتاب الأسود للاستعمار البريطاني في مصر، ص 266.

(3) عبد الناصر ومعركة الاستقلال الاقتصادي، ص 113.

(4) يوسف ابو حجاج "سياسة الانفتاح الاقتصادي" ، كتابات مصرية 3، 94.

(5) ميشيل كامل، "المجاعة تهدد الملايين من الفلاحين"، كتابات مصرية 3، ص 30.

(6) ميشيل كامل "المجاعة تهدد الملايين من الفلاحين"، كتابات مصرية 3، ص 36.

السياسية حيث عادت للملاّك القدامى قوتهم، وللبرجوازية المصرية سيطرتها القديمة، كما ظهرت فئات طفيلية جديدة عدا بيروقراطية كبار موظفي الجيش والدولة... كل ذلك أدى إلى سيطرة هذه الفئات على مجالس الشعب، والاتحاد الاشتراكي، وجميع مقدرات الشعب المصري، وترتّب على ذلك كله أخيراً، ان أملت هذه الفئات حلولها السياسية، حفظا لمصالحها الاقتصادية، فكانت اتفاقيات كامب ديفيد "مخيم داوود" الاستسلامية([1]).

3- الملامح الاجتماعية لمصر (1850-1980):

منذ أواسط القرن التاسع عشر حتى ثورة يوليو 1952 عانت مصر من أوضاع اقتصادية، وسياسية سيئة، تركت آثارها السلبية على المجتمع المصري فقراً ومرضا وجهلا، ومع أن مصر شهدت قبل الاحتلال الانجليزي فترة ازدهار عمراني في عهد اسماعيل، لكن هذا الازدهار لم يكن ضمن خطة متكاملة ولم يعد على الشعب بالخير([2]).

وبعد الاحتلال البريطاني أخذ الانجليز يكّرسون جهودهم للقضاء على التعليم، ونشر الجهل، واشاعة الفقر بين الشعب المصري، وقد نجح الانجليز في تحقيق هذه الاهداف إلى حدّ بعيد رغم محاولات الاصلاح الفردية، والاصلاحات الحكومية الجزئية([3]).

---

(1) هذا الانفتاح، ص 304.

(2) موجز تاريخ الشرق الأوسط، ص 177.

(3) صراع الطبقات في مصر، ص142.

ويلاحظ عند دراسة الاوضاع الاجتماعية في مصر، أن قادة الاصلاح كانوا غالباً من رجال السياسة والفكر كما يلاحظ أيضا اختلاط مبادئ الاصلاح الاجتماعية بالمبادئ السياسية والقيم الفكرية، فنجد أولا رفاعة الطهطاوي، الذي وضع الأساس المكين للمناداة بحريّة المرأة، وبشّر بمبادئ الحريّة والمساواة والاخاء، ودعا إلى ما عرف بالديمقراطية البرجوازية، عدا جهوده العظيمة في مجالات النهضة التعليمية والفكرية([1]).

وفي الفترة التي رافقت حركة عرابي نشهد محاولات جمال الدين الأفغاني ومحمد عبده، وقاسم أمين، وعبد الله النديم([2])... وبعد ذلك وعند ثورة 1919 نقف عند مصطفى كامل الذي مهّد لهذه الثورة بجهودة المستمرة في المجالات الوطنية والتعليمية([3])، وعدا جهود ونشاطات هؤلاء المصلحين، نجد أيضاً جهوداً، وبرامج اصلاحية لبعض الاحزاب، كالحزب الوطني، وحزب الوفد، والحزب الاشتراكي([4]).

وفي فترة ما بين الحربين طغى على الحكومات المصرية الاهتمام بالشؤون السياسية، وقضايا النضال الوطني([5])، ألاّ أن ذلك لم يعق جهودها في سبيل نشر التعليم منذ سنة 1923، وقد اتخذ الاصلاح الاجتماعي في هذه المرحلة طابعاً فكريا واعلاميا، دون أن يتغلغل ويؤثر بقوة في المجتمع المصري، وبرزت ثلاثة اتجاهات اصلاحية:- أولها يرى أن الخير والتقدم يكون بالتشبث

---

(1) لويس عوض، تاريخ الفكر المصري الحديث، (القاهرة: دار الهلال، 1969) ص90، 148.

(2) الاتجاهات الفكرية عند العرب، ص 87.

(3) العالم العربي، ص 125.

(4) تاريخ الحركة الاشتراكية في مصر 32، 196.

(5) صراع البقات في مصر ، ص 143.

بالتراث، وثانيها، يرى أخذ سبل الحضارة الغربية ومناهجها بشكل متكامل... والأخير، كان اتجاها توفيقيا، وهو الاتجاه الذي بدأه الافغاني وسار عليه محمد عبده ويدعو هذا الاتجاه إلى اصلاح ما فسد أو انحرف من القديم، والأخذ في نفس الوقت بما هو جيّد ومناسب من الجديد[1].

أما في المجال العلمي، فقد بقي المستوى الصحي متدنيا، وبخاصة في الريف[2]، كما ظلّ الدخل موزعا بطرية مجحفة[3]، والأميّة منتشرة بنسبة عالية، والمرأة في حالة سيئة من الجهل والقهر والاستعباد[4]، ومع أن التعليم تحسّن منذ سنة 1923 بعد رفع الحماية واهتمام الحكومات به، الاّ أنه ظلّ مقتصراً على الفئات العليا والوسطى في مراحله العليا[5].

وجاءت ثورة يوليو 1952 لتحدث تغييرا كبيرا في المجتمع المصري، وظهرت آثار هذا التغيير فيما طرأ من تحسينات على نظام العمل والرواتب، وارتفاع في المستوى الصحي، ونشر لمجانية التعليم في مختلف مراحله، واهتمام بالفنون بشتى أنواعها، وعناية بالمرأة في مجالات كثيرة... وأهم من ذلك كله ما حدث من ردّ الاعتبار والكرامة للمواطن المصري وبخاصة الفلاح.

وقد رافق هذا كله انشاء عدد كبير من المنظمات التعاونية، والمراكز الصحية، والمراكز الاجتماعية دون أن تكون هذه الاصلاحات والمشاريع محصورة في المدن[6].

---

(1) الاتجاهات الفكرية عند العرب، ص 170، 190.
(2) الاقتصاد المصري 1952-1972، ص 63.
(3) نضال العرب من أجل الاستقلال الاقتصادي، ص 95.
(4) عائشة راتب، حقوق المرأة في مصر"، الهلال، جـ4، 1971، ص 140.
(5) صراع الطبقات في مصر، ص 143.
(6) سهير القلماوي "الثقافة والثورة"، الهلال، جـ10، 1971، ص 110.

لكن هذا البناء بدأ يهتز ويتخلخل منذ أواسط الستينات بفعل مجموعة من الظروف والمتغيرات الاقتصادية والسياسية([1])، فقد بدأ التمايز الطبقي يظهر ثانية بقوة وعمق، وأخذت طبقة جديدة تتكون وتتعاظم اقتصادياً وسياسياً على حساب بقية الطبقات، ومالبثت هذه الطبقة أن أخذت بما أصبح لها من قوة ونفوذ تملي حلولها الاقتصادية والسياسية التي تكفل لها حفظ وتنمية حقوقها ومصالحها.

وهكذا فإنه - كما تثبت الدراسات والاحصائيات وكما يثبت الواقع المشاهد الملموس - أصبح الشعب المصري يعاني من غلاء فاحش وفقر مدقع وفساد اداري وأزمة في السكن والمواصلات وتدّن في مستوى الخدمات الصحية والتعليمية وتفاوت خطير في مستوى الدخول، عدا التخلف الفكري وهوان العامل والمرأة... وازدواجية الخلق... والتمايز الكبير بين الريف والمدنية([2]).

4- الملامح الثقافية لمصر (1850-1980)

تميز بدايات عصر النهضة في مصر بالتركيز على النواحي العلمية ذات الطابع العملي كالطب والهندسة والعلوم الحربية([3])، وقد رافق ذلك بناء للمدارس، وايفاد للبعثات، واهتمام بالترجمة، لكن هذه الحركة ما لبثت أن منيت بانتكاسة قوية في عهدي عباس ومحمد سعيد الاّ أن عهد اسماعيل أعاد

---

(1) هذا الانفتاح ، ص 140، 180، 250.

(2) غالي شكري، النهضة والسقوط في الفكر المصري الحديث (بيروت: دار الطليعة للطباعة والنشر، 1978) ص118.

(3) جرجي زيدان، تاريخ آداب اللغة العربية، (القاهرة: دار الهلال، جـ4) ص33.

إلى هذه النهضة حياتها من جديد مع اهتمام بالنواحي الأدبية والفنية هذه المرة[1].

وفي عام 1881 جاء الاحتلال الانجليزي، وتبع ذلك اقفال للمدارس، وابطال لمجانية التعليم، واهمال متعمّد للغة العربية[2].

ونستطيع القول، أن المرحلة التي سبقت ثورة 1919 كانت تمثل عهد الترجمة والاقتباس والريادة في مختلف الفنون الادبية، ويعتبر رفاعة رافع الطهطاوي أهم معلم من معالم الترجمة والفكر في هذه المرحلة[3].

وبعد ثورة 1919 بدأت مرحلة الخلق والابداع في شتى مجالات الفنون الأدبية، من شعر، وقصص، ومسرح، وأدب، وفكر[4]، وشهدت فترة ما بين الحربين عددا كبيراً من الأدباء، والمفكرين، يمثلون مختلف الأنواع الأدبية، والاتجاهات الفكرية، وقد أمتدّ عطاء بعض هؤلاء، إلى ما بعد ثورة يوليو أمثال: - طه حسين، والعقاد، وتوفيق الحكيم، ونجيب محفوظ، ومحمود شاكر، ومحمود تيمور.

ومن أهم الظواهر التي تجدر الاشارة إليها، والتوقف عندها، عندما ندرس الحياة الثقافية لمصر، تلك القيادة الفكرية، والسياسية، التي تميّز بها الادباء والمفكرون، وذلك الترابط الوثيق بين قضايا الأدب والفكر والتراث، والمشاركة في المعارك الفكرية والقومية، وقضايا الاصلاح الاجتماعي[5].

(1) أحمد أمين، المفصل في تاريخ الأدب العربي (القاهرة: المطبعة الأميرية جـ2، 1936) ص298.
(2) تاريخ آداب اللغة العربية، ص 26.
(3) حامد حفني داود، تاريخ الأدب الحديث (القاهرة: دار الطباعة المحمديّة، 1969) ص23.
(4) تاريخ الآداب الحديث، ص 39.
(5) الاتجاهات الوطنية في الأدب المعاصر، ص 85، ص 208.

كل ما سبق كان بدءا من رفاعة الطهطاوي، الذي كان رائد الترجمة وأول من أدخل مناهج الفكر الحديث بمؤلفاته([1])…. ثم الأفغاني، ومحمد عبده، وعبد الله النديم، وأديب اسحق، أيام ثورة عرابي… إلى كتابات وخطب مصطفى كامل، وسعد زغلول، أبّان ثورة 1919… ثمّ ذلك الصراع الفكري بين المحافظة والتجديد، الذي شهدته مصر في فترة ما بين الحربين، إضافة إلى المعارك الفكرية حول القومية العربية، والنزعة الفرعونية، والجامعة الاسلامية، وارتباط ذلك كله بالدعوة إلى تحرير المرأة، واصلاح الأزهر([2])، واصلاح وتطوير مناهج دراسة الأدب واللغة، وأساليب التفكير العلمي… ثم الضجة التي ثارت حول كتابات طه حسين، والشيخ علي عبد الرزاق([3])، وما دار بين الرافعي وسلامه موسى… كل ذلك كان محتدماً بين مختلف الكتّاب، وعلى صفحات المجلات والجرائد.

وقد تميّزت المرحلة نفسها – فترة ما بين الحربين – بازدهار الفكر الليبرالي ، بما يتضمنه من دعوة لحرية الفرد، والجماعة، والاصلاح الدستوري والمطالبة باصلاح المجتمع([4])، لكن هذه المرحلة أخذت تشهد تباعداً بين التيارين، الجديد الداعي إلى الانصهار في بوتقة الغرب…. والمحافظ الداعي إلى التمسك بالتراث، وجاءت ثورة يوليو أخيراً لتحسم هذا الصراع، وتوجد نوعا من التوفيق بينهما([5]).

---

(1) تاريخ الفكر المصري الحديث، ص9.

(2) تحولات الفكر والسياسة، ص 21.

(3) النهضة والسقوط في الفكر المصري الحديث، ص 247.

(4) لويس عوض "مستقبل الثقافة في مصر"، مجلة (المعرفة) عدد 186، 1977، دمشق، ص29.

(5) تحولات الفكر والسياسية، ص 5.

ولا ننسى أنه في نفس هذه المرحلة - مرحلة ما قبل الثورة - ظهر التيار العلماني الماركسي، وظهر مفكّرون وأدباء ، عبّروا عن اتجاهاته وأهدافه، وأنه كان لهذا التيار أثر كبير على السبل، والمناهج، والاصلاحات التي سارت عليها ثورة يوليو فيما بعد([1]).

ومع مجيء ثورة يوليو 1952 بدأت الحياة الثقافية تتخذ طابعاً شموليا، وتتوجه توجّها قوميا ووطنيا على صعيد الوطن العربي كلّه.

وقد تقررت في عهد الثورة مجانية التعليم لمختلف المراحل الدراسية، كما منح حق التفرغ للأدباء، وقامت المؤسسات الثقافية الكبرى، وازدهرت حركة طباعة الكتب([2])، وشهدت هذه المرحلة أيضاً صراعات فكرية بين تيارات مختلفة منها: الديني، والماركسي، والناصري، والليبرالي([3])... كما شهدت مرحلة الحكم الناصري الحملات ضد اليمين وضد اليسار عام 1955... وحملات ضد اليمين عام 1965([4]).

ومع أننا نقرأ كثيراً من الاتهامات المتبادلة بين مفكري وأدباء هذه المرحلة، وإلى حدّ يصل أحياناً إلى التناقض([5])... الاّ أن ما نجده من كتب ومؤلفات تمثل جميع الاتجاهات تجعلنا نقول أن جميع الاتجاهات الفكرية قد وجدت الحرية والمتنفّس لتقول ما تريد.

---

(1) تحولات الفكر والسياسة، ص 15.

(2) سهير القلماوي، الهلال، جـ1، 1971، ص110.

(3) محمد زكي عبد القادر "الفكر القومي المصري خلال نصف قرن"، الهلال، جـ7، ص31.

(4) النهضة والسقوط في الفكر المصري الحديث، ص 63، 77.

(5) لقاء مع يحيى حقي، الهلال، جـ12، 1977، ص 58.

ورغم انجازات مرحلة الحكم الناصري، ألاّ أننا نقرأ الكثير أيضاً من المقالات والدراسات، التي تشكو من التدهور الفكري، ونسبة الأمية الكبيرة، والضعف في التحصيل العلمي، وسوء نوعية التعليم([1])... وكل ذلك طبعاً من باب النقد الذاتي والرغبة في تلافي الأخطاء.

أمّا في عهد السادات فلم يكن في مصر سوى تيار واحد، هو تيّار اليمين والأدب الدعائي، وتميّز هذا العهد بهجرة وهرب المفكرين بأعداد كبيرة من مصر، وقد ارتبط الصراع الفكري في هذه المرحلة بشكل حاد بالقضية القومية والوطنية وهي قضية الصراع مع اسرائيل([2]).

وفيما يلي كشف بأسماء أهم الشعراء والأدباء والمفكرين الذين مثّلوا الحياة الأدبية فيما بين 1850-1980([3]):

تجدر الاشارة إلى أن عدد العلماء الذين يذكرهم جرجي زيدان في كتابه "تاريخ آداب اللغة العربية" يبلغ ستة وأربعين عالما، وذلك من عصر اسماعيل حتى سنة 1914، بينما لا يقدّم في الفترة ذاتها سوى أسماء ثلاثة عشر أديبا وشاعراً مما يوضّح غلبة الاتجاه العلمي على بدايات عصر النهضة.

ونبدأ أولا بذكر الشعراء، فممّن عُرفوا قبل ثورة 1919 عدد منهم:

---

(1) الهلال، جـ4، 1979، ص79... وأعداد أخرى.

(2) النهضة والسقوط في الفكر المصري الحديث، ص 104.

(3) الأسماء المذكورة في هذه الصفحة والتي تليها مأخوذة من الكتب التالية:-

1. جرجي زيدان، تاريخ آداب اللغة العربية، جـ4.
2. أحمد أمين، المفصل في آداب اللغة العربية.
3. حامد حفني داود، تاريخ الأدب الحديث.
4. أحمد حسن الزيات، تاريخ الأدب العربي (القاهرة: دار نهضة مصر للطبع والنشر، مطبعة الرسالة، ط23).

1. البارودي (1904).
2. عائشة التيمورية (1902).
3. حفني ناصف 1919.
4. صفوت الساعاتي 1880.
5. علي أبو النصر 1880.
6. علي الليثي 1896.

ويلي هؤلاء بعد 1919 حتى الثلاثينات:

1. أحمد شوقي 1932.
2. حافظ ابراهيم 1932.
3. اسماعيل صبري 1923.

وبعد الثورة عرفنا شعراء منهم: صلاح عبد الصبور، وعاتكة الخزرجي، وحسن كامل الصيرفي، ومحمد الجيار، وشكر الله الجرّ، وأمل دنقل، وروحية القليني، وغيرهم.

أمّا من رجالات مصر ممن جمعوا بين الفكر والأدب وأحيانا العلم فنذكر:

1. رفاعة رافع الطهطاوي-1873.
2. جمال الدين الأفغاني-1897.
3. أحمد فارس الشدياق-1887.
4. عبد الله فكري-1889.
5. حسين المرصفي-1889.
6. عبدالله النديم-1896.
7. محمد عبده-1905.

8. قاسم أمين-1908.
9. أديب اسحق-1885.
10. مصطفى كامل-1908.
11. جرجي زيدان-1914.
12. علي يوسف-1913.
13. فتحي زغلول-1914.
14. حمزة فتح اللـه-1918.

ويلي هؤلاء زمنياً:
1. أحمد زكي – 1924.
2. عبد العزيز جاويش -1928.
3. مصطفى لطفي المنفلوطي – 1924.
ومن الأدباء والمفكرين بعد الثلاثينات ممن توفوا قبل ثورة يوليو:
1. مصطفى صادق الرافعي-1937.
2. مي زيادة-1941
3. مصطفى عبد الرازق-1947.
4. شكيب أرسلان-1946.
5. ابراهيم المازني-1949.
ونضيف إلى هؤلاء محمد حسين هيكل الذين توفي عام 1956، وثمة أدباء ومفكرون
كثيرون عاصروا العهدين الملكي والجمهوري منهم:

طه حسين، والعقّاد، وتوفيق الحكيم، ومحمود تيمور، ونجيب محفوظ، وسلامه موسى، وزكي مبارك، وأحمد حسن الزيات، وفكري أباظة، ويوسف السباعي، واحسان عبد القدوس وغيرهم.

ومن أبرز الكتّاب الذين اشتهروا باتجاهاتم اليسارية منذ الخمسينات حتى اليوم وان كان بعضهم قد توفي :- سلامه موسى، ومحمود أمين العالم، وعبد العظيم أنيس، وعلي الراعي، وعبد العظيم رمضان، ورفعت السعيد، وابراهيم عامر، ورجاء النقاش، ... الخ.

أما كتّاب اليمين فأهمهم:- يوسف السباعي، وصالح جودت، وانيس منصور، واحسان عبد القدوس، ورشاد رشدي، وعزيز أباظة، وثروت أباظة، وعلي أحمد باكثير، ومحمد عبد الحليم عبد الله، وعبد الحميد جودت السحّار.... الخ.، وثمة أصوات ليبرالية نذكر منها: خالد محمد خالد، ويوسف ادريس، ومحمد الخفيف، ولويس عوض، ولطفي الخولي([1]).

أخيراً لا بدّ أن نبيّن أن ما ذكرناه ليس إلاّ صورة تقريبية موجزة، كما لا بدّ من التنويه أن بعض من ذكروا جمعوا بين الأدب والفكر والسياسة وغير ذلك.

---

(1) النهضة والسقوط في الفكر المصري الحديث، ص 62، 64، 68، 72، 78.

دور الصحافة بعامة و-الهلال- بخاصة في حركة المجتمع العربي في مصر 1850-1980.

1- دور الصحافة في حركة المجتمع العربي في مصر 1850-1980

بدأت الصحافة رسمية في أيام الحملة الفرنسية حيـث قامـت المنشورات الفرنسية وقتها بوظيفة الجريدة الرسمية[1]، ثم جاءت أول خطوة حقيقية في حيـاة الصحافة المصرية عندما أنشئت "الوقائع" سنة 1828[2]، واستمرت أربعين سنة بريادة ورئاسة الطهطاوي ومـن بعده الشدياق.

وما إن حلّ عهد اسماعيل حتى كانت أشياء كثيرة قد تغيّرت وتطورت[3]، فطرأ علـى الصحافة تقدم كبير، وظهرت الصحافة الشعبية لأول مـرة[4]، وشرعت الصحافة فعليـا تأخـذ على عاتقها مسئوليات النضال الوطني والاجتماعي.

وقد كانت الأوضاع السيئة التي تعاني منها مصر اقتصاديا وسياسيا واجتماعيا ومظـالم اسماعيل، وجهود جمال الدين الأفغاني، ونشاط الصحافيين السوريين واحتكاك مصر بالثقافة الاجنبية، ونمو الوعي الوطني... كانت جميع هذه العوامل مشتركة هي التي أدت إلى ازدهـار الصحافة في عهد اسماعيل[5].

---

(1) احمد حسين الصاوي، فجر الصحافة المصرية (القاهرة: الهيئة المصرية العامة للكتاب، 1975) ص11.

(2) فيليب دي طرازي، تاريخ الصحافة العربية (بيروت: المطبعة الادبية، جـ3، 1914)ص4.

(3) الاتجاهات الفكرية عند العرب في عصر النهضة، ص28.

(4) ابراهيم عبده، تطور الصحافة المصرية، (القاهرة: مكتبة الآداب، ط3، 1951) ص65.

(5) فجر الصحافة المصرية، ص38.

وقد وجدت في هذه الفترة الصحف الموالية لاسماعيل ولتركيا ولفرنسا، كما وجدت الصحف الوطنية داخل وخارج مصر([1])، فظهرت مجلات وصحف (يعسوب الطب) 1865 و(الجريدة العسكرية المصرية) 1865 و(روضة المدارس) 1870 و(وادي النيل) 1866 و(نزهة الأفكار) 1869 هذا عدا الصحف التي صدرت خارج مصر مثل (العروة الوثقى) وصحف (أبو نظّارة) لمحمد عبده، والأفغاني، ويعقوب صنّوع، وقد شاركت هذه الصحف، وبخاصة الصحف التي كانت تصدر خارج مصر وتجد طريقها إلى المواطنين رغم منعها، شاركت في النضال الوطني ضد اسماعيل وحاشيته، وشرحت أوضاع البلاد الاقتصادية والاجتماعية([2]).

ولم تلبث ثورة عرابي أن أقبلت فقامت (الطائف) 1881 و(المفيد) 1881 بنقل أخبار الثورة، وتحريض المواطنين، وشرح أوضاع البلاد الاقتصادية، وقد دعمت حكومة الثورة هاتين الصحيفتين وأهملت أو عطّلت عددا من الصحف الأخرى([3]).

وكان ممن حمل مسئولية النهوض بالصحافة، والعمل من خلالها طوال الفترة الماضية رجال من أهمهم: الطهطاوي، والشدياق قبل عهد اسماعيل، ثم عبد الله أبو السعود، وابراهيم المويلحي، وعثمان جلال، واديب اسحق ، وسليم النقاش، وجمال الدين الأفغاني، ومحمد عبده، ويعقوب صنّوع طوال عهد اسماعيل والثورة العرابية([4]).

---

(1) تاريخ الصحافة العربية، ص 7.

(2) أديب مروّه، الصحافة العربية (بيروت: دار مكتبة الحياة، 1961) ص429.

(3) تطور الصحافة المصرية، ص114، 128.

(4) عبد اللطيف حمزة، قصة الصحافة العربية في مصر، (بغداد: مطبعة المعارف، 1967) ص51، 60، 63، 83.

بعد ثورة عرابي ودخول الانجليز اضطر الاحتلال -وبخاصة في عهد كرومر- إلى منح قسط من الحرية للصحافة بسبب وجود (المقطم) 1898 التي أنشأها الاحتلال، وبسبب النفوذ الفرنسي وتأثيره الذي كان لا يزال قائماً، وبسبب رغبة الاحتلال في امتصاص النقمة الشعبية باتاحة نوع من الحرية الصحفية([1]).

وقد ظهرت في هذه الفترة صحيفة (المؤيد) 1889 لعلي يوسف، وبعد فتورها تلتها (اللواء) 1900 لمصطفى كامل ، وفي هذه الفترة قامت الصحافة ببث الشعور الوطني، والوقوف مع الدستور العثماني، ومعارضة تمديد فترة الإشراف على قناة السويس، وتحليل أوضاع البلاد اقتصاديا وإجتماعياً، وشاركت في الفتنة الطائفة التي نشبت بين المسلمين والمسيحيين سنة 1908 وكانت هذه المشاركة مشاركة سلبية في معظمها([2]).

أمّا النشاط والجهد الأدبي لهذه الصحف فقد ظلّ ضعيفاً إلى ما قبل نهاية الحرب الأولى باستثناء ما قامت به بعض المجلات كالهلال والمقتطف حيث أولت الأدب -وبخاصة ما يتعلق بالتراث- جزءاً من اهتمامها، وبقيت الحال كذلك بالنسبة للأدب حتى بداية فترة ما بين الحربين([3]).

مع بدايات الحرب العالمية الاولى قام الاحتلال بتعطيل جميع الصحف ما عدا الصحف الموالية، أو المعتدلة([4])، وكان من الطبيعي أن يقوم الاحتلال

---

(1) خليل صابات، حرية الصحافة في مصر (مكتبة الوعي العربي، 1972) ص122، 130.

(2) تطور الصحافة المصرية، ص160، 188، 192.

(3) قصة الصحافة العربية في مصر، ص 170.

(4) حريّة الصحافة في مصر، ص 126.

بمنع الصحف أيام ثورة 1919 غير أن المنشورات السرية قامت مقام الصحف خير قيام[1]، وقد كان من أبرز رجال الصحافة في هذه الفترة، أحمد لطفي السيد في ميدان الأخلاق السياسة، وعلي يوسف في الدفاع عن الحكم المصري والكفاءة المصرية، ومصطفى كامل في مضمار الحركة الوطنية[2].

بعد الحرب الأولى انخفض عدد الصحف في مصر ـ إلى الثلث[3]، لكن ثمة تطورات هامة طرأت على الصحافة بعد ذلك وعلى امتداد فترة ما بين الحربين كان من أبرزها:ـ ظهور الصحافة المتخصصة في الأدب والدين والرياضة والعلم إلى جانب ظهور الصحف النسائية[4].

وفي هذه الفترة نفسها قامت صحف الوفد وعلى رأسها (البلاغ) لعبد القادر حمزة بعبء النضال الوطني لنيل الاستقلال، كما قامت صحف الأحرار الدستوريين وعلى رأسها (السياسة) لمحمد حسين هيكل بالنضال الدستوري والاجتماعي[5].

واشتهر من الصحافيين في هذه الفترة:ـ محمد حسين هيكل، وعبد القادر حمزة، وأمين الرافعي، وحافظ عوض، ومحمد توفيق دياب، ومحمد التابعي، وكريم ثابت، ومحمود عزمي، ومحمد السباعي، وفكري أباظة، وفي الصحافة النسائية اشتهرت روز حدّاد، ولبيبة هاشم، وهدى شعراوي[6].

---

(1) حريّة الصحافة في مصر، ص231.
(2) قصة الصحافة العربية في مصر، ص 92.
(3) الصحافة العربية، ص292.
(4) قصة الصحافة العربية في مصر، ص 172.
(5) تطور الصحافة المصرية، ص205.
(6) تطور الصحافة المصرية، ص215، 220.

في هذه الفترة أيضاً شهدت الصحافة مجدها الأدبي ، فعلى صفحاتها ظهرت المعارك الأدبية بين أدباء مصر، وظهر النتاج الأدبي بمختلف ألوانه وظهر من المجلات المتخصصة في الأدب (الرسالة) 1933 لأحمد حسن الزيات، وقبلها سبلة (أبولو) 1932 لأحمد زكي أبو شادي، ثم (مجلتي) 1936 لأحمد الصاوي محمد و (الفجر) 1936 لحسن ذو الفقار، و (الثقافة) 1939 أصدرتها لجنة التأليف والنشر، هذا عدا مجلات أخرى مثل (الكاتب) و(الكاتب المصري)([1]) ثم (الهلال) و (المقتطف) اللتين استمرتا في الصدور وهما تخصّصان أجزاء غير قليلة من صفحاتهما لشؤون الأدب، ولم يقتصر الاعتناء بالأدب على هذه المجلات بل أن الصحف أيضاً كانت تفرد أجزاء من صفحاتها لمختلف أنواع الأدب([2]).

بعد الحرب الثانية زاد اهتمام الصحافة بالقضايا الوطنية ليس على الصعيد الداخلي فحسب بل على مستوى الوطن العربي وقضية فلسطين بصورة خاصة، وقد كشفت الصحافة مظاهر الفساد الملكي، وقضية الاسلحة الفاسدة في حرب فلسطين.

وفي هذه الفترة ظهرت في الصحافة التيارات الجديدة ومن أهمها التيار الاشتراكي([3]).

وتنبغي الاشارة هنا إلى الصحف الأجنبية التي وجدت في مصر وبخاصة في عهد كرومر، وقد كانت هذه الصحف توجه خدماتها إلى الأجانب، وتقوم بمسايرة الشعور الوطني أحياناً غير أن أثرها بقي ضعيفاً([4]).

---

(1) قصة الصحافة العربية في مصر، ص171.

(2) تطور الصحافة المصرية، ص218.

(3) قصة الصحافة العربية في مصر، ص162.

(4) تطور الصحافة المصرية، ص225.

بعد هذه المراحل والفترات جاءت ثورة يوليو سنة 1952 حيث تركت الصحافة إلى حين(1)، ثم بدات بتنظيمها، فحوّلت ملكية دار الأهرام، وأخبار اليوم، وروز اليوسف، والهلال إلى ملكية الاتحاد القومي(2)، وقد قلّت الصحف قليلاً في عهد الثورة، وبقي منها (الاهرام) و (الاخبار) وإلى جانبها (الجمهورية) ومن الصحف الأسبوعية (روز اليوسف) (صباح الخير) (المصور) ومن المجلات الشهرية (الهلال) ومجلات أخرى متنوعة، وقد قامت جميع هذه الصحف والمجلات بممارسة نشاطاتها المتنوعة تحت اشراف الدولة وتوجيهها، وقد غلب على معظم الصحف طابع الاهتمام بترسيخ المبادئ الاشتراكية.

وفي المجال الأدبي برزت مجلات (الثقافة) و(الرسالة) و (المجلة) و(الشعر) و (القصة) وكانت ما بين اسبوعية، أو شهرية وتصدر عن مؤسسة الثقافة والارشاد القومي(3).

وأخيراً حلّ عهد السادات، وبقيت الصحف اليومية رغم ما فرض من تغييرات على اتجاهاتها السياسية، ومن الناحية الأدبية شهدت سنوات هذا العهد احتجاب أهمّ الصحف الأدبية مثل: (الرسالة) و (الثقافة) وتلتها (المجلة) و (الفكر المعاصر) و(الكتاب العربي) ثم (الشهر) و(الأدب) و(جاليري 68)... وبقي عدد من المجلات الأدبية مثل (اضاءة 77) و(أقلام الصحوه) و(الموقف العربي)(4)... وقد شهد عهد السادات أقوى حملة مطاردة وسجن للصحافيين في مصر، قبل وبعد اتفاقيات كامب ديفيد.

---

(1) ابراهيم عبده، محنة الصحافة وولي النعم (القاهرة: سجل العرب، 1978) ص46.
(2) الصحافة العربية، ص287.
(3) القصة، (القاهرة: عدد 6، السنة الأولى، 1964).
(4) أحمد محمود عطيه "ظواهر جديدة في الحياة الثقافية"، مجلة (المعرفة) عدد 190، 1977، دمشق، ص105.

وبعد... فان الصحافة المصرية لم تشقّ طريقها دون عوائق، فقد طالما منعت من الصدور، أو عُطّلت، أو أُغلقت قبل الاحتلال، وأثناءه، وبعده([1])، وكانت الحكومات المصرية تلجأ إلى قانون المطبوعات الذي وضع عام 1908 ومع أن هذا القانون لُعدّل وُطوّر أكثر من مرة، إلاّ أن الحكومات المتتابعة كانت تجد بين نصوصه ما تريده لتضغط على الصحافة([2])، باستثناء وزارات الوفد منذ سنة 1924 حتى وزارة النّحاس 1952 التي كانت تترك للصحافة أقصى ما يمكن من حرية([3]).

وفي عهد جمال عبد الناصر خضعت الصحافة لتوجيهات الثورة([4])، بينما في عهد السادات لم يعد ثمة أدنى مبرر للخضوع أو المسايرة، فكانت حملة المطاردة في السبعينات.

2- دور الهلال في حركة المجتمع العربي 1892-1980

بدأت الهلال في الصدور في سبتمبر 1892 باشراف صاحبها جرجي زيدان متوخية كما جاء في افتتاحية عددها الأول "معاضدة أصحاب الأقلام في كل قطر" و "اقبال السّواد على مطالعتها"، وجعلت مواضيعها تاريخية واجتماعية وأدبية ومنتخبات من الأخبار دون أن تتعرض لشيء مما يمكن أن يمسّ سياسة الدولة أو الدين، وقد اختارت اسم (الهلال) تبرّكا "بالهلال العثماني"([5]).

---

(1) حرية الصحافة في مصر، ص231، 376.

(2) محنة الصحافة وولي النعم، ص34.

(3) محنة الصحافة وولي النعم، ص43.

(4) الصحافة العربية، ص286.

(5) الهلال، سبتمبر، 1892، 251.

وبدأت الهلال شهرية، وما لبثت عام 1901 أن أصبحت نصف شهرية، ثم عادت شهرية مرة أخرى منذ عام 1905 حتى يومنا هذا.

أشرف على تحرير الهلال بعد وفاة صاحبها عام 1914 ابنه اميل زيدان، ثم أحمد زكي، وطاهر الطناحي، بالتعاون مع الأخوين أميل وشكري زيدان، وبعد الثورة تعاقب على رئاسة تحريرها كل من : علي أمين، وكامل زهيري، ورجاء النقاش، وعلي الراعي، وصالح جودت، وحسين مؤنس.

وتعتبر مجلة الهلال أشهر المجلات المصرية، وأطولها عمرا، وأبعدها انتشارا[1]، وقد فاقت غيرها من المجلات بما قدّمته من خدمات ثقافية، واجتماعية رغم ما طرأ على أهدافها ومواضيعها من متغيّرات كثيرة طوال هذه الفترة.

وبالنسبة للسياسة فقد حافظت الهلال طوال العهد الملكي على ما ألتزمت به من اعتدال وحياد[2]، ولم تقف متحيّزة إلى أي مذهب سياسي، أو ديني، ولم تتورّط فيما تورّطت فيه صحف ومجلات مصرية كثيرة من صراعات طائفية، أو حزبية، ولم تهمل في الوقت نفسه متابعة قضايا مصر الوطنية، حيث كانت تشير بايجاز واعتدال ودون تحيّز إلى أهم الأحداث السياسية الداخلية، كما تترجم لأبطال الثورة العرابية، وتبرز جوانب هذه الثورة ايجابيا، وهي لم تقف طوال هذه الفترة أيضاً ضد تيّار الجامعة الاسلامية[3]، أو تيار الاشتراكية[4]، بل سمحت لأصحابها بنشر آرائهم على صفحاتهم.

---

(1) تاريخ الصحافة العربية، ص89.
(2) الهلال، جـ10، 1907، ص566.
(3) الهلال، جـ22، 1899، ص667.
(4) الهلال، جـ4، 1923، ص364.

أما في مجال السياسة على المستوى العربي خارج مصر، فإنه يؤخذ على الهلال أنها لم تتعرض لها بأكثر من الاشارة العابرة حتى نهاية الثلاثينات، ولكن يُسجّل لها ولصاحبها جرجي زيدان عام 1914 ما كتبه عن فلسطين انئذ شارحاً أحوالها السياسية، والاقتصادية ومحذّراً مما يمكن أن يحدث، ومتوقّعا سقوطها بيد اليهود([1])، وفيما عدا ذلك ظلّ اهتمام الهلال بقضية فلسطين، وقضايا الشعوب العربية اهتماما سطحيا بسيطا، ومع أن الهلال التزمت بالخط الرسمي للحكومات المتعاقبة في العهد الملكي، الاّ أنها لم تكن بوقا دعائيا لها أو وسيلة تبرير وترويج لتصرفاتها ومبادئها.

بعد ثورة يوليو 1952 استمرت الهلال على نهجها الأول باستثناء مقالات افتتاحية تشيد بالثورة ورجالها، دون أن يتغيّر اتجاهها العام، وما أن تولى رئاسة تحريرها كامل زهيري عام 1904 حتى غلب على مواضيعها الاتجاه الاشتراكي اليساري، ثمّ انحرفت الهلال عام 1971 إلى الاتجاه الرأسمالي اليميني أثر تولّي صالح جودت رئاسة تحريرها، ولم تستطع الهلال أن تتّجه نحو اليسار مرة أخرى حتى عندما تولّى رئاسة تحريرها رجاء النقاش عام 1976، وقد مضت الهلال بعد ذلك أيضاً وفي السنوات 77-78-79-80 في اتجاهها نحو اليمين حيث أصبحت بوقا للدولة، وشجّعت مبادرة السادات([2])، وأهملت قضية فلسطين اهمالا كلّيا، واهتمّت بمشكلة افغانستان، ودأبت على التهجّم على اليسار وعلى الاتحاد السوفييتي، مع اهتمام بالدين وتناقض معه في نفس الوقت([3]).

---

(1) جرجي زيدان، "فلسطين أحوالها..."، الهلال، جـ7، 1914، ... وفي الأجزاء الخمسة التالية.

(2) الهلال، جـ1، 1978، ص8.

(3) الهلال، جـ5، 1980، ص70.

أمّا في ميدان الثقافة والفكر واللغة فقد بدأت الهلال بنشر تراجم العظماء ورجال التاريخ ورجال الأدب والفكر، دون تحيّز لأي عصر أو جنس أو دين، فمن عنترة إلى المتنبي، إلى عثمان الغازي، إلى عمر بن الخطاب، إلى غاريبالدى... إلخ وإلى أواسط الأربعينات ظلّ اهتمام الهلال قويا بقضايا الأدب واللغة والثقافة سواء بما نشرت من مقالات أو أبحاث أو ندوات أو استفتاءات أو مسابقات اشترك فيها كلّها كتّاب من مصر والبلاد العربية، ويؤخذ على الهلال أنها أهملت الشعر نسبياً طوال العهد الملكي، اذ غلب عليها الاهتمام بالرواية حتى عام 1914 ثمّ بقضايا الأدب واللغة والقصة القصيرة واستمر هذا الاهتمام حتى أواسط الاربعينيات حيث أصبحت تهتم بالتسلية والترفيه والمواضيع المترجمة، ومنذ أوائل الستينيات أخذت مواضيع الهلال واتجاهاته تتّخذ طابعاً فكريا وقوميا عميقاً، فأصبحنا نجد فيها سيلاً من المقالات الجادة حول الاشتراكية والرأسمالية والمواضيع الاقتصادية والقومية التي تبحث مشاكل مصر والعالم العربي كلّه.

وفي سنة 1969 طرأ على الهلال تحوّل نوعي آخر عندما تولّى رجاء النقاش رئاسة تحريرها، حيث فتحت الهلال أبوابها لأكبر عدد ممكن من كتّاب القصة الذين لم يسبق لهم أن كتبوا في الهلال([1])، إلى جانب المواضيع الفكرية والثقافية التي امتازت بالعمق وبحرية الرأي.

وبعد عام 1917 بدأت فترة رئاسة صالح جودت لتحرير المجلة حتى سنة 1976، وقد ظهر ملحق الهلال "الزهور"([2]) في هذه الفترة منذ 1973 حتى

---

(1) الهلال، جـ8، 1969.

(2) الزهور، جـ1، 1973.

1976 أي مدة أربع سنوات، وطوال هذه الفترة اهتمّت الهلال بالمواضيع الأدبية عموما اهتماما قويّا وأفردت الأعداد الخاصة لأنواع الأدب، واهتمت اهتماما خاصا بالقصة القصيرة، وفتحت المجال أمام الشعر الحر رغم معارضة رئيس تحريرها، لكن الهلال استبعدت في هذه الفترة تيارات الأدب التي تمثّل الوجهة الاشتراكية أو اليساريّة.

وفي السنوات الأخيرة، 77-78-79-80 غلب على الهلال طابع التحقيقات واللقاءات الصحفية مع كبار الأدباء، مثل: نجيب محفوظ، ويحيى حقّي([1]) وثروت أباظة([2])، وفي هذه اللقاءات الأدبية حرصت الهلال على كيل والاتهامات للعهد الناصري، كما كثرت الشكوى من ظاهرة تدهور الفكر([3]) وأزمة الكّتاب والجامعات... الخ. وفي هذه السنوات عادت الهلال مرة ثانية تترجم القصص البوليسية التي تحقّق التسلية، والمتعة العابرة، دون فائدة.

ومن الناحية الاقتصادية أولت الهلال شؤون مصر المالية اهتماما كبيراً منذ بدايتها حتى أواخر الثلاثينات، وتعرّضت لشرح أحوال الفلاّح، والعامل المصري ووصلت أحياناً إلى منتهى الصراحة الشجاعة في عرض الرأي([4])... الاّ أنه غلب عليها طابع الاعتدال عموماً، وفي الستينات وبعد طول اهمال عادت الهلال مرّة أخرى لتهتمّ بالقضايا الاقتصادية بعمق وجدّية، وبعد الستينات ومع مجيء السادات اتخذ الاهتمام بالشؤون الاقتصادية شكل

---

(1) الهلال، جـ12، 1977، ص58.

(2) الهلال، جـ2، 1978، ص74.

(3) الهلال، جـ7، 1977، والأعداد الثلاثة التالية.

(4) الهلال، جـ5، 1939، ص507.

التحقيقات الصحفية الرسمية واللقاءات مع أصحاب المصانع، وغلبة الطابع الاعلامي الدعائي.

يبقى أخيرا دور الهلال اجتماعيا، وهنا يذكر للهلال اهتمامها الخاص بالمرأة في جميع المجالات قبل الثورة، وبعدها، وتجلّى ذلك في اعداد الهلال، سواء في المقالات، أو الندوات، أو الاستفتاءات، أو الأبواب المخصصة لها في كل عدد، أو الاعداد الخاصة، وغير ذلك.

وقد بقيت الهلال طوال عهد ما قبل الثورة تحارب القمار، والتدخين، والمخدرات، والسحر، والشحوذة، وغيرها من العادات، والأمراض الاجتماعية([1])، ثم قلّ اهتمام الهلال بمثل هذه الأمور بعد الثورة، إذ لم يعد لها مجال الاّ قليلا، بعد أن كثرت المواضيع الجديّة فيها، ويلاحظ أنه في الأربعينات برز في الهلال بصورة واضحة اتجاه اجتماعي يرمي إلى الترفيه والتسلية بحشد الغرائب من كل لون وجنس لتشويق القرّاء، وقد ظهر تأثير الرأسمالية وقيم العالم الغربي المادية جليّا وواضحا في هذه الألوان سواء ما تعلّق منها بالغرائب المترجمة... أو المغامرات الحربية... أو المخترعات... أو الشؤون الحية... أو ملكات هوليود... او المخترعات... أو الشؤون الصحية... أو ملكات هوليود... أو جمال المرأة... إلخ... وقد طلت هذه الأبواب تستنفد صفحات كثيرة من الهلال حتى أوائل الستينات.

ومنذ أوائل الستينات جاء تيّار اليسار ليلغي كل هذا الترويج لقيم الرأسمالية، ويمنع تبديد مال القارئ ووقته، فبدأ الاهتمام بالقضايا الفكرية، وبدأ الاهتمام بالمسرح([2]) داخل مصر وخارجها، كما أخذت الهلال تهتم إلى

---

(1) الهلال، جـ3، 1904، ص173... وأعداد أخرى.

(2) الهلال، جـ8، 1965.

جانب ذلك بالفنون الشعبية وبالنحت والرسم، وتناولت شؤون السينما([1]) والتلفزيون بنقد ومعالجات هادفة، ولكن الهلال عادت مرة أخرى وبخاصة في السنوات 77-78-79-80 إلى صفحات وأبواب العجائب والغرائب، وإلى صور النساء والأزياء وإلى تعليقات تصل إلى حدّ السّفه أحياناً، وإلى الترويج الدعائي لليمين([2])، واغفال قضايا الشعب الأساسية.

أما كتّاب الهلال طوال هذه الفترة فإنّنا نجد أنه كان لجرجي زيدان أكبر نصيب في مقالات الهلال حتى سنة 1914، بينما كان أشهر من كتبوا في الهلال حتى الثلاثينات: سلامه موسى، وأنيس الخوري المقدسي، ومصطفى صادق الرافعي، وابراهيم المازني، وطه حسين، ومي زيادة، وعيسى اسكندر المعلوف، وبعد الثلاثينات ظهرت أسماء كتّاب آخرين لم يكتبوا بصورة منتظمة دائماً مثل: طاهر الطناحي، وفكري أباظة ، والعقاد، ومحمد عبد الله عنان، وعلي العناني، وابراهيم المصري، وفي مجال القصة ظهر في نفس هذه الفترة كتّاب أهمهم: محمود تيمور، ومحمود كامل المحامي، وبنت الشاطئ، وأمينة السعيد، وصوفي عبد الله، وميخائيل نعيم، وأحمد عبد القادر المازني، وحبيب جاماتي، ومحمد فريد أبو حديد، وفي مجال الشعر لم تركز الهلال على شاعر معيّن، سوى محمود عماد وشعراء متفرقين على قلة، وبعد الثورة برز على صفحات الهلال من كتّاب القصة عدد كبير، ومن الشعراء عدد أقل، أهمهم: حسن فتح الباب، وصلاح عبد الصبور، وعاتكة الخزرجي، وصالح جودت، وحسن كامل الصيرفي، وأمل دنقل ومحمد الجيّار، وشكر الله الجرّ، وروحيّة القليني.

أمّا أشهر كتّاب الستينات فهم: ابراهيم عامر، وراشد البراوي، ومحمود أمين العالم، ورجاء النقاش، وكامل زهيري، وفتحي رضوان، وأحمد بهاء

---

(1) الهلال، جـ10، 1965.

(2) أعداد "الهلال" في السنوات الأربع الأخيرة (1977-1980).

الدين، ومحمد عمارة، وكامل الشناوي، ومحمد كامل حسين، وسهير القلماوي، وناصر الدين النشاشيبي، وفي السبعينات: صالح جودت، وزكي نجيب محمود، وأحمد الشرباصي، وسيد نوفل، وعبد العزيز الدسوقي، وعلى أدهم، وبدوى طبانة، ومحمد عبد الغني حسن، وصلاح عدس، ونبيل راغب، وثروت أباظة، وحسين مؤنس.

هذه أسماء أهم المشاركين في مسيرة الهلال باستثناء كتّاب القصة الذين ستذكر أسماؤهم في فصول خاصة بالقصة.

وتجدر الاشارة إلى أن كثيرا من كتّاب الهلال لم يحصروا كتاباتهم في اتجاه ونوع واحد، إذ نجد للكاتب الواحد مشاركات في اتجاهات متنوعة تندرج تحت المواضيع الأدبية والاجتماعية، كما تجدر الاشارة أيضاً إلى أن الحدود لم تكن فاصلة محدّدة بين التيارات الفكرية والأدبية والسياسية التي تفاعلت معها الهلال، ولكن ثمة طابعا فكرياً معينا كان يغلب عليها دون غيره أحيانا حسبما تشاء السلطة الحاكمة، ويرضخ لها المحرّرون.

وقد تميّزت الهلال بالأعداد الخاصة، فقد افردت أعدادا خاصة بالقصة القصيرة قبل الثورة وبعدها، واعداداً لمواضيع دينية، وأعدادا للمرأة والسينما والمسرح، وأعدادا لأصحاب الأساليب، وأعدادا لأنواع وألوان مختلفة من الأدب، وموسوعات في الاشتراكية والفنون الشعبية.... الخ(1). وكان ذلك كله منسجما مع اتجاهات الهلال التي سبق ذكرها.

_____

(1) من سنة 1971 حتى 1980 نجد ثلاثة عشر عددا خاصا بمواضيع دينية.

دور الصحافة بعامة و "الهلال" بخاصة في حركة القصة
القصيرة في مصر

1- دور الصحافة في حركة القصة القصيرة في مصر:

تثبت جميع الدراسات التي تتناول القصة القصيرة، أنها كانت والصحافة صنوين لا يفترقان، فالقصة القصيرة تتنفّس أول ما تتنفّس على صفحات الجرائد والمجلات، وهي على صفحات الجرائد تكون بنت ساعتها، وخير شاهد على مدى تفاعل الكاتب مع أحداث بيئته وعصر.

ويؤكد دارسو القصة القصيرة في مصر هذه الحقيقة، فهذا عبّاس خضر يقول: "كانت هذه الصحف خير معوان لي على التتبّع الزمني والوقوف على ما لم يجمع في كتب وعلى تفهم الملابسات والدلالات خلال ما نشر فيها"[1].

أمّا سيّد حامد النساج، فيوضّح طريقته في دراسة القصة القصيرة قائلاً:- "التزمت في ذلك طريق الصحافة، والصحافة وحدها، فهما والقصة القصيرة صنوان لا يفترقان، ورحت أفتّش بين الدوريات والصحف القديمة[2]........." ويتابع مؤكداً.. " ... لا يمكن لدارس القصة القصيرة استقاء مصادره الأولى الاّ من الصحف"[3] وقد اعتمد هذان الباحثان كل بدوره على أكثر من ثلاثين مجلة وصحيفة في دراستهما للقصة القصيرة في مصر.

---

(1) عباس خضر، القصة القصيرة في مصر منذ نشأتها حتى 1930 (القاهرة: الدار القومية للطباعة والنشر، 1966) ص6.

(2) سيّد حامد النساج، تطور فن القصة القصيرة في مصر، (القاهرة: دار الكتاب العربي، 1968) ص30.

(3) تطور فن القصة القصيرة في مصر، ص5.

ونجد كذلك أن محمد يوسف نجم، قد اعتمد على أكثر من ستين مجلة وصحيفة في كتابه (القصة في الأدب العربي الحديث)([1]).

وفي (دليل القصة القصيرة المصرية) لسيّد حامد النسّاج نجد أسماء ثلاثمائة وعشرة كتّاب للقصة القصيرة([2]). جميعهم كتبوا وظهروا عن طريق الصحافة، وفي هذا الدليل أسماء المئات من الصحف والمجلات التي ظهرت على صفحاتها القصص القصيرة، وفي هذا الدليل أيضاً نجد أنه حتى المجلات التي تعني بالشؤون البيتية والصحية والرياضية والدينية تفرد عدداً من صفحاتها للقصة القصيرة.

وقد أدّت الصحافة دوراً هاماً للقصة القصيرة في مراحلها الأولى، منذ أواخر القرن التاسع عشر حتى الثلاثينات من القرن العشرين، وقد تجلّى هذا الدور فيما نشرته الصحافة من قصص الروّاد، وفيما ترجمته من قصص عالمية، فعلى صفحات (فتاة الشرق) و(مصباح الشرق) و(السفور) و(الفجر) و(السياسة) ظهرت قصص محمد تيمور، وابراهيم المصري، ويحيى حقّي ، وخيري سعيد، وحسين فوزي، وحسن محمود، وسعيد عبده، ثم محمود تيمور وغير هؤلاء.

وفي مجال الترجمة بلغ ما ترجم من القصص القصيرة بضعة آلوف([3])، وكانت مجلة (الرواية) أفضل من ترجم ترجمة دقيقة أمينة بقلم أحمد حسن الزيات([4]).

---

(1) محمد يوسف نجم، القصة في الأدب العربي الحديث، (بيروت: منشورات المكتبة الأهلية، ط2، 1961) ص348.

(2) سيّد حامد النسّاج، دليل القصة القصيرة المصرية 1910-1961 (القاهرة: الهيئة المصرية العامة للكتاب، 1972) ص191.

(3) محمود تيمور، اتجاهات الأدب في السنين المائة الاخيرة (القاهرة: مكتبة الآداب) ص16)

(4) محمود حامد شوكت، الفن القصصين في الآدب العربي الحديث، (القاهرة: دار الفكر العربي، ط1، 1963) ص69.

وقد تابعت القصة القصيرة مسيرتها من الاربعينات حتى أواخر السبعينات على صفحات كثير من المجلات أهمها: (الرسالة) و(الفصول) و (الجامعة) و(مجلتي) و(ألـ20 قصة) و (الهلال) و (الأثنين والدنيا).وبعد الخمسينات ظهرت أيضاً (المجلة) و (الأديب) و (الثقافة) وبعدها (الشهر العربي) و (الكتاب القومي) و (جاليري 68) و (إضاءة 77) و (أقلام الصحوة) و (الموقف العربي) وغيرها، وقد اعتنت هذه المجلات بالقصة القصيرة سواء بنشرها، أو بنشر دراسات عنها أو مسابقات بخصوصها[1].

ولم يقتصر الاهتمام بالقصة القصيرة على المجلات وحدها بل اهتمت بها الصحف اليومية والأسبوعية وأصبحت جزءا من أركانها الرئيسية.

أخيراً نتوقف عند أهم مجلة تخصّصت في القصة القصيرة في مصر، نقف عند مجلة (القصة) التي ظهرت في يناير سنة 1964[2] باشراف محمود تيمور ثمّ توقّفت قبل نهاية الستينات وعادت مرة ثانية سنة 1975 دوريّة فصلية يرأس تحريرها ثروت أباظة، وقد اعتنت هذه المجلة بنشر انتاج الكتّاب، وفتحت المجال بشكل محدود جداً أمام الكتّاب من غير مصر، وكان كل عدد يضم أكثر من عشر قصص موضوعة، وقصة أو قصّتين مترجمتين مع دراسة عن القصة القصيرة أحيانا في مصر وغيرها، وكان أهم باب في هذه المجلة هو الباب الأخير الذي ينقد القصص ويوجّه الكتّاب، وقد أشاد العقّاد بدور هذه المجلة[3]، ومن المؤسف أنها توقّفت فيما بعد.

---

(1) مصادر هذه المجلات من (دليل القصة المصرية) ودوريات مختلفة.

(2) القصة ، عدد 1، 1964 (القاهرة: منشورات وزارة الثقافة والارشاد القومي).

(3) القصة، عدد3، 1964، ص60.

2- دور "الهلال" في حركة القصة القصيرة 1892-1980:

شُغلت "الهلال" حتى سنة 1914 بنشر روايات جرجي زيدان مجزّأة في أعدادها المتتالية، وبعد سنة 1914 أخذت تظهر على صفحاتها أنماط من الكتابة لم تكتمل لها عناصر القصة القصيرة الفنية، ولكن مع بدايات العشرينيات وقبل انقضاء الثلاثينيّات كانت القصة القصيرة بمفهومها التقليدي المعروف قد رسَّخت أقدامها وتمكّنت على صفحات الهلال بأقلام كتّاب مثل محمد حسين هيكل، ومحمود تيمور، ومحمود طاهر لا شين، ومحمود كامل المحامي.

انتبهت الهلال إلى أهمية القصة القصيرة، وإلى أهميّة المرحلة التي تمرّ بها، فقامت متفائلة بكل ما من شأنه أن يجعل هذا الفن الوليد فنّا قائماً مستقلاً بذاته، ونظراً لأهمية هذه المرحلة من حياة القصة القصيرة وأهمية الخطوات المشجّعة التي رافقتها أورد فقرات ممّا كانت الهلال تقدم به بعض القصص.

ففي عام 1924 نقرأ هذه المقدمة لمحرّر الهلال على قصة (العم أو حسن يستقبل) لميّ زيادة... يقول المحرّر: "الآنسة مي طرقت باب تحليل نفسية الطبقات المختلفة تقدّم لنا اليوم في سياق حكاية طليّة صورة من صور النفسيّة المصرية الساذجة"([1]).

وفي سنة 1926/يونيه نقرأ هذه الملاحظة تعليقا على قصة (المزواج) لمحمود تيمور: "يسرّنا أن نرى عناية أدبائنا بالفن القصصي آخذة بالازدياد

(1) الهلال، جـ1، اكتوبر، 1924، ص73.

فكثيراً ما كانت القصة وسيلة لدرس الحياة الاجتماعية وتمهيداً لاصلاح ما فيها من فساد"([1]).

وفي سنة 1926 أيضاً في شهر فبراير نقرأ التعليق التالي للهلال على قصة (حكم الهوى) لمحمد حسين هيكل): - "طالما وددنا أن ننشر في الهلال قصصا ادبية واجتماعية تصف أحوالنا وتشرح عواطفنا أسوة بما تفعله مجلات الغرب الراقية التي أصبح للقصة المقام الأول فيها ولذا يسرّنا أن ننشر اليوم هذه القصة المصرية"([2]).

وفي ابريل / 1926 نقرأ هذه الملاحظة على قصة (الشيخ حسن) لمحمد حسين هيكل: "بدأت للمتأمّل ظواهر نشوء أدب في مصر يتميّز عن الأدب العربي التقليدي يستمد عناصره من حياة أهل هذا القطر، ولم يكن بدّ من اصطباغ الأدب في مصر بهذه الصبغة القومية بعد أن توطّدت أركانه السياسية، وتغلغلت في جميع طبقات الأمة، فإنه من القواعد المقررة أن ترافق كل يقظة سياسية يقظة أدبية".

ويصف المحرّر القصة نفسها بقوله "تحليل نفسي وبحث خلقي واجتماعي في سياق قصة"([3]).

وفي سنة 1932 نقرأ هذا التعليق على قصة (القاتل) لمحمود كامل المحامي: - "ليس في القصة عقدة قوية كما في غيرها من قصص الكاتب،

---

(1) الهلال، جـ9، يونيه، 1926، ص945.

(2) الهلال، جـ5، فبراير، 1926، ص465.

(3) الهلال، جـ7، ابريل، 1926، ص680.

ولكنّها دراسة تحليلية لشخصية مصوّر شاب في أزمة، وقد يكون هـذا النـوع جديـداً في أدبنا القصصي"([1]).

وإلى جانب هذه الملاحظات نقرأ دائماً هذه الملاحظة "قصة مصرية" مع كل قصة موضوعة، ونستنتج من الملاحظات والتعليقات السابقة كلها، أن كانت تتوّخى وترجو من هذا الفن أن يكون واحدا من سبل تدعيم الشخصية القومية المصرية، وتحليل نفسيتها، وان يكون أداة مسح واصلاح اجتماعيين، وأن يكون مواكبا ومعينا للأمة في يقظتها السياسية، ثـم أن لا تتوقّف أو تتأخّر أو تجمد عند حدّ معيّن في بنائها الفني وأسلوب معالجتها لمختلف القضايا.

وفي الفترة نفسها من بداية العشرينيات حتى نهاية الثلاثينيات نلاحظ ظاهرة مدهشة في الهلال، هذه الظاهرة هي كثرة ما كانت الهلال تنشره من ملّخصات لأشهر القصص والمسرحيات العالمية بأسلوب مشوّق ممتع مع دراسة تحليلية ونبذة مختصرة عن مؤلفي تلك القصص والمسرحيات ، ونجد لطه حسين ما يزيد عن عشرين ملّخصا، ولابراهيم المصري نحو تسع ملخّصات، وملخّصات أخرى لأحمد الصاوي، وسالم العطيفي، وعبد الحميد عبد الغني، ونظمي خليل، ونقولا الفيّاض، وغيرهم، وقد قامت هذه الملّخصات بعرض أهم أعمال الكتّاب العالميين أمثال: الفونس دوديه، وجاك فونتان، وأناتول فرانس، وبول بروجيه، ولويجي بيرانديللو، وتولستوى، ونيكولاى جوجول، وديستويفسكي، وغيرهم.

وبكّل تأكيد قامت هذه الملّخصات بما يمكن أن تقوم به القصة القصيرة من امتاع وتسلية لجمهرة القرّاء من غير المختصّين بالأدب، وثمّة شواهد تدل

---

(1) الهلال، جـ6، ابريل، 1932، ص880.

على اعتبارها قصصا عند كثير من القّراء، فمن ذلك تعليق لمحرّر الهلال نقرأه تحت صورة لطه حسين في سنة 1925 يقول: "صورة لطه حسين صاحب المقالات والقصص الممتعة التي تنشر في الهلال"([1]).

إذن يمكن القول أن هذه الملاحظات ساعدت بصورة غير مباشرة في الترويج للقصة القصيرة، وقدّمت للأدباء صوراً من حياة كبار كتّاب القصة في العالم وتحليلاً لأهم مؤلفاتهم.

ومع بداية الأربعينات كان القصة قد وقفت على قدميها وترسّخت مكانتها فاقتصرت تعليقات الهلال على ملاحظات مثل "قصة مصرية" أو "قصة نفسيّة" أو "قصة واقعية "أو" قصة الشهر" أو "قصة رأس العام " أو " قصة رمزية " أو " قصة سيكولوجية" وهذه الملاحظات تدل على ان القصة القصيرة تجاوزت المراحل الأولى، وأخذت مكانا ثابتا دائماً على صفحات الهلال، وتدل أيضاً على أن القصة بدأت تنوّع أساليبها.

ومنذ الأربعينيات حتى سنة 1980 كان دور الهلال في حركة القصة القصيرة يتمثل فيما تقدمه من أعداد خاصة بالقصة القصيرة، ثم في المسابقات والقصص الفائزة والأبحاث التي تأخذ مكانها على صفحاتها.

ونستطيع أن نعتبر الأعداد الخاصة بالقصة القصيرة أهم وأوسع الخطوات التشجيعية التي قامت بها الهلال في سبيل القصة، وقد بلغ مجموع هذه الاعداد من عام 1941 حتى 1980 خمسة وعشرين عدداً، كانت تصدر بمعدّل عدد كل عام غالبا في شهر أغسطس، وأحيانا تصدر مرّتين أو أكثر،

---

(1) الهلال، جـ4، يناير، 1925، ص1.

وأحيانا تمرّ سنوات لا يصدر فيها هـذا العـدد الخـاص، كـما حـدث في السـتينات وفي أواخر السبعينات.

ويمكن أن نضيف إلى هذه الأعـداد الخاصـة ملحـق "الزهـور" الـذي بـدأ عـام 1973 واستمر أربع سنوات موليا عناية خاصة بالقصة القصيرة، حيث كانت تنشر زهاء سـبع قصـص في كل عدد مع أبحاث تدور حوله أيضاً سوى ما ينشر في مجلة الهلال الأم.

وقد بدأت الأعداد الخاصة بالقصة القصيرة مهتمة بالقصة التاريخية، فكان العـددان الأولان لحبيب جامـاتي[1] وابـراهيم المصـري[2] يضـمّان قصصـا تاريخيـة، وبعـد ذلـك بـدأت القصص تتنوّع كثيراً في هذه الاعداد، وحتى سنة 1969 نجد أن الهلال كانت فيما قدّمتـه مـن كتّاب وقصص ذات نمط ثابت محدّد تهتم بكتّاب معيّنـين، وبالقصـة التقليديـة التـي تحـافظ على أركان الحدث والشخصية والعقدة، وبعد سـنة 1969 بـدأ يظهـر في الهـلال كتّـاب جـدد، وقصص ذات بناء فنّي جديد[3].

وتنبغي الاشارة إلى أن الهلال أفسحت المجال لكتّاب من خـارج مصرـ لكننـا لا نجـد لغير ميخائيل نعيمه مكاناً ثابتا قويّا باستثناء قصص قليلة متفرّقة لكتّاب آخرين.

وظهرت على صـفحات الهـلال وبخاصـة بعـد 1969 مختلـف التيّـارات الفنيّـة التـي تأثّرت بها القصة القصيرة، وقد عبّرت الهلال فيما نشر فيها من

(1) الهلال، جـ5، أغسطس، 1941.
(2) الهلال، جـ3، يوليو، 1943.
(3) الهلال، جـ8، أغسطس، 1969.

قصص عن أحوال مصر بوضوح وصدق وبخاصة بعد 1969 أيضاً، وكانت للهلال الجرأة أحياناً لنشر ما لم تجرؤ (الأهرام) على نشره([1]).

أما الأبحاث حول القصة القصيرة وكتّابها، فقد كانت شبه معدومه قبل سنة 1969 ولكنها أخذت تظهر تدريجيا وبخاصة في (الزهور) في كتابات سيّد حامد النسّاج، وجمال الغيطاني، وحلمي محمد القاعود، وصلاح عدس، وعبد العال الحمامصي، وغيرهم.

كما وجدت دراسات عن القصة القصيرة في الكويت والأردن وسوريا والعراق هذا غير ما نشرته من ندوات حول قضايا القصة القصيرة وغيرها من الآداب المعاصرة وإحصائياً نجد زهاء عشرين دراسة عن كتّاب القصة القصيرة في أعداد (الزهور) وحدها.

وقد أجرت الهلال مسابقات في القصة القصيرة في السنوات 1934، 1947، 1948، 1974، 1977.

في سنة 1934 حول كتابة قصة اجتماعية([2]).

وفي سنة 1947 حول أفضل تكملة لقصة اجتماعية أيضاً([3]).

وفي سنة 1948 حول أفضل قصة وطنية([4]).

وفي سنة 1974 مسابقة حول أفضل قصة اجتماعية انسانية([5]).

---

(1) رجاء النقاش "هل كان عبد الناصر عدوّا للمثقفين"، الهلال، جـ1، 1977، ص187.

(2) الهلال، جـ9، يوليو، 1934، ص1104. (ملاحظة: حول رقم هذه الصفحة تجدر الاشارة إلى أن الهلال في هذه السنوات كانت تكتب الأرقام متتابعة مع الأعداد).

(3) الهلال، جـ2، فبراير، 1947، ص141.

(4) الهلال، جـ5، مايو، 1948، ص50.

(5) الزهور، جـ8، اغسطس، 1974، ص5.

وفي سنة 1977 مسابقة حول أفضل (حكاية انسانية)[1].

وقد أشرف على المسابقات في السنوات 1934، 1948 كل من العقّاد وأمينـة السـعيد وأحمد زكي وخليل مطران ومنصور فهمي ومصطفى عبد الـرازق وبنـت الشـاطئ وطـاهر الطناحي، في حين كانت مسابقة القصة الناقصة تحت اشراف حلمي مـراد في عـام 1947، أمـا المسابقات التالية فكانت بـاشراف محـرّري الهـلال الأدبي مثـل عبـد العـال الحمامصي- وعبـد العزيز الدسوقي، والمسابقة الأخيرة باشراف حسين مؤنس، وقد ساعدت هذه المسابقات علـى ابراز المواهب من سائر الأقطار العربية دون تعصّب أو تمييز.

أخيراً نذكر من جهود الهلال في سبيل التقدم بالقصة القصيرة نذكر نشرها لعـدد مـن القصص الفـائزة بجـوائز محليّة او عالميّة وذلـك في السـنوات 1950[2]، 1971[3]، 1973[4]، 1975[5]، 1980[6]، وقد كانت هذه القصص -على قلّتها- قصصا مترجمة في معظمها.

ونخلص ممّا سبق كلّه أن عطاء الهلال في مجال القصة القصيرة تمثّل وتجلّى أوضح ما يكون في المرحلة الأولى إذ قامت بنشر القصص مع ملاحظات هادفـة موجّهـة، ثـمّ في الأعـداد الخاصة بالقصص القصيرة فيما بعد.

(1) الهلال، جـ8، أغسطس، 1977، ص102.

(2) الهلال، جـ11، نوفمبر، 1950، ص90.

(3) الهلال، جـ9، سبتمبر، 1971، ص126.

(4) الزهور، جـ7، يوليه، 1973، ص14.

(5) الزهور، جـ11، نوفمبر، 1975، ص14.

(6) الهلال، جـ2، فبراير، 1980، ص82.

القصة القصيرة خارج مجلة "الهلال"
القصة القصيرة المصرية.. اتجاهاتها.. محاورها.. كتّابها:

مهّدت عوامل كثيرة لظهور فن القصة القصيرة، كـان مـن أهمهـا ولادة البرجوازيـة المحليّة وتصاعد قوتها بعد ثورة 1919[1]، وقد جاءت محـاولات حافظ ابراهيم، والمـويلحي، وأحمد شوقي، والمنفلوطي، لتقيم جسوراً وقناطر بين فن المقامات القديم وبين الفن الجديد، غير أن هذه المحاولات توقفت إثر عجزها عن الوفاء بمتطلبات هذه الطبقة الجديدة[2].

وقد كان مـن العوامـل المسـاعدة أيضـاً عـلى نشـوء هـذا الفـن، الصـحافة ونشـاطها المحموم في ترجمة أعداد هائلة من القصص عـلى اختلاف ألوانها واتجاهاتها[3]، كـل هـذه العوامل مجتمعة معاً أدّت إلى ظهور "المدرسة الحديثة" صاحبة الفضل في البدايـة الحقيقيـة لهذا الفن، وقد تمثّلت هذه البداية فيما نشر على صفحات (السفور) و(البيان) و(الفجر) منذ 1915 حتى 1929[4]، وكان مـن أبـرز أعضـاء هـذه المدرسة، محمد تيمور، وأحمد خـيري، وحسين فوزي، ومحمود طاهر لاشين، وحسن محمـود، ومحمـود عزمـي، وابـراهيم المصري، وحبيب زحلاوي، والأخوان شحاته وعيسى عبيد.

---

(1) محمد كامل الخطيب، السهم والدائرة (بيروت: دار الفارابي، 1979) ص39.
(2) عبد الرحمن ياغي، الجهود الروائية من سليم البستاني إلى نجيب محفوظ (بيروت: دار العودة، 1972) ص18.
(3) تطور فن القصة القصيرة في مصر ، ص59.
(4) اتجاهات الأدب في السنين المائة الأخيرة، ص16.

ويتّفق عدد من الدارسين على أن محمد تيمور هو رائد القصة القصيرة الفنيّة[1]، هذا مع اننا نجد باحثين يجعلون حق الريادة لمحمود طاهر لاشين[2]، أو محمد لطفي جمعة، أو محمود عزمي[3]... وحتى ميخائيل نعيمة من لبنان[4].

مال أصحاب (المدرسة الحديثة) إلى الواقعية[5]، ونقلوا القصة القصيرة نقلة جديدة من حيث المعمار الفنّي، وركزوا في مواضيع قصصهم على تناول شخصيات من الطبقة الوسطى والدنيا، وعرضوا مشاكل وهموم هاتين الطبقتين بأسلوب يحدوه حب الخير، والميل إلى الوعظ والأرشاد، ويتميّز بالوصف الخارجي للشخصيات، والسرد الرتيب، وغلبة الطابع المحلي على كل شيء[6].

بعد هذه المرحلة.. مرحلة فجر القصة القصيرة، بدأت مرحلة جديدة في التشكّل والتكوين، وذلك من أوائل الثلاثينيات حتى أواخر الخمسينات، وقد ساعد على ازدهار القصة القصيرة في هذه المرحلة، كل من الصحافة، ثم الترجمة التي استمرت، والوعي الثقافي والاجتماعي، وتزايد مشاكل وحاجات

---

(1) يحيى حقي، فجر القصة المصرية (القاهرة: وزارة الثقافة والارشاد القومي) ص35.

(2) صبري حافظ "محمود طاهر لاشين وميلاد الاقصوصة الصرية"، المجلة، عدد 134، 1968، القاهرة، ص88.

(3) محمد رشدي حسن، أثر المقامة في نشأة القصة المصرية الحديثة (القاهرة) الهيئة المصرية العامة للكتاب، 1974) ص165.

(4) القصة، مارس، 1964، ص73.

(5) المجلة، عدد 138، 1968، القاهرة ، ص9 (ندوة حول القصة).

(6) تطور فن القصة القصيرة في مصر، ص348.

الطبقة الوسطى، كما ساعدت بشكل غير مباشر جهود قاسم أمين ومحمد طلعت[1].

وقد تميّزت القصة القصيرة في هذه المرحلة بمعمارها الفني التقليدي الذي يحرص على عناصر الزمان والمكان، والأحداث، والعقدة، والتشويق، والسرد المباشر، والنقل، واخضاع القصة لغايات عملية وارشادية[2].

ومع أنّ بعض القصص اتّبعت أسلوب المذكّرات، واليوميّات، والخطابات كنوع من التعديل الفنّي والجنوح إلى مزيد من الواقعية إلاّ أنها ظلّت تخضع لنفس الأطر التي تخضع لها القصة التقليدية عموماً[3].

وتختلف أحكام المختصين في دراسة قصص هذه المرحلة، فمنهم من يقول أن قصص هذه المرحلة اتجهت نحو الواقعية، وكشفت مفاسد الطبقة الراقية، وعرضت وعالجت مشاكل الطبقة المتوسطة، وتناولت قضايا المواطن في المدينة والريف، ووقفت مع المرأة وتعاطفت معها في مختلف أدوارها[4].

ومنهم من يؤكد على أن قصص هذه المرحلة غلب عليها تيّار الرومانسيّة، وأنها لم تكشف عن التمزق السياسي، ولم توضّح صورة النضال القومي والوطني إلاّ في فترة متأخّرة[5]، متأخّرة[5]، وأنها رغم قربها الجزئي من مشاكل

(1) فجر القصة المصرية، ص25.
(2) تطور فن القصة القصيرة في مصر، ص378.
(3) عبد الحميد ابراهيم، القصة المصرية وصورة المجتمع الحديث (القاهرة: دار المعارف، 1973) ص68.
(4) أحمد الزعبي، التيارات المعاصرة في القصة القصيرة المصرية (رسالة ماجستير باشراف سهير القلماوي لا تزال مخطوطة، 1976) ص166.
(5) ألفه الأولبي "قصصنا القومي"، القصة، عدد 5، مايو، 1964، القاهرة، ص93.

الفلاح لم تستطع أن تضعه داخل اطاره التاريخي، وظروفه الاجتماعية، كما أنها افتقدت بحث العلاقات الاجتماعية المركّبة، وضرورة التعبير الداخلي للفرد، واتّسمت قصصها العاطفية بالأحلام الرومانسية المختلطة بالتوجّس والترقّب، واتّسمت أيضاً ببروز النزعة الذاتية، والانطلاق من مفهوم الاصلاح الفردي دون الانتباه إلى ضرورة الحل الجذري الشامل، ويؤخذ عليها أخيراً اهمالها العامل المصري ودوره في حركة مجتمعه"([1]).

وقد شارك معظم كتّاب هذه المرحلة في القصص الاجتماعية التي تناولت مختلف نواحي الحياة في مصر دون أن يهملوا أيا من قطاعي المدينة أو الريف، وقد ظهرت في هذه المرحلة أيضاً القصص التاريخية بوفرة ظاهرة.

وأهم كتّاب هذه المرحلة محمود تيمور، ومحمود كامل المحامي، وابراهيم المصري، ويحيى حقّي، وعبد الحميد جود، السحّار، ويلي هؤلاء ابراهيم المازني، وحلمي مراد، ومحمد عبد الحليم عبد الله، وثروت أباظة، ويوسف السباعي، واحسان عبد القدوس، وبنت الشاطئ، وأمينة السعيد، وصوفي عبدالله([2]).

ويلاحظ أن بعض هؤلاء الكتّاب قد عاشوا مع القصة القصيرة منذ ولادتها إلى ما بعد نهاية المرحلة التي تلت فجر القصة، كما يلاحظ أختلاط الرومانسية بالواقعية في انتاج هؤلاء الكتّاب([3]).

---

(1) القصة المصرية وصورة المجتمع الحديث ، ص43، 54، 65، 109.

(2) سيّد حامد النسّاج "الرومانسية في القصة القصيرة المصرية، الهلال، جـ3، 1977، ص16، 17، 18.

(3) نفس المصدر.

ومن أهم كتّاب القصة التاريخية القصيرة في هذه المرحلة: حبيب جاماتي، وعلي الجارم، و[illegible] باكثير، ومحمد فريد أبو حديد، وابراهيم رمزي([1]).

أمّا التيار الواقعي فقد برز بوضوح عند يوسف ادريس، ويوسف الشاروني، ويحيى حقي، ومحمود البدوي... وقد استمر انتاج هؤلاء إلى ما بعد هذه المرحلة أيضاً([2]).

وفي أواخر الخمسينيات ومع السنوات الاولى في الستينيات بدأت ملامح مرحلة جديدة في التبلور والتكوين اصطلح على تسميتها من قبل بعض الدارسين (المرحلة التعبيرية - التجريدية) نظراً لما طرأ على القصة القصيرة في هذه المرحلة من تطوّر في بنائها الفني، وفي مضمونها القصصي([3])، وساعد عدد من الكتّاب أمثال علي الراعي، ولويس عوض، ومحمد مندور، وأحمد عباس، ورجاء النقاش، وغالي شكري، ومحمود أمين العالم، وأمير اسكندر، على بلورة وتمكين هذا الاتجاه بكتاباتهم الثقافية والنقدية([4])، كذلك ساعدت الظروف الحضارية والثقافية الجديدة على تكوين وترسيخ دعائم هذه المرحلة الجديدة.

---

(1) اتجاهات الادب في السنين المائة الأخيرة، ص19.

(2) "القصة التقليدية في أدب الشبان" عبد الحميد ابراهيم، الزهور، جـ7، 1973، ص5.

(3) التيارات المعاصرة في القصة القصيرة المصرية، ص9.

(4) عبد الرحمن أبو عوف، البحث عن طريق جديد للقصة القصيرة المصرية (القاهرة: الهيئة العامة للتأليف والنشر، 1971) ص11.

وقد تميّزت قصص هذه المرحلة من حيث بناؤها الفني باستغلال تيّار الوعي "المونولوج" وبالاستفادة من الرمز والأسطورة وامكانيات الشعر، وبما يسمى بـ (تكنيك همنجواي) الذي يتميّز بالبساطة، والتركيز، بحيث تكون اللقطات التعبيرية بمنتهى البساطة، والعمق في نفس الوقت، وقد أهملت في قصص هذه المرحلة عناصر الأسلوب التقليدي كالزمان، والمكان، والعقدة، والسرد المرتب([1]) وان لم يترك كليا، وقد أدّى هذا الاسلوب الجديدة بعمقه ومتطلباته العديدة من موهبة قوية، وثقافة عميقة، إلى سقوط عدد من القصاصين الذين لم يحسنوا العوم في تياره، مما أدّى إلى تهجّم بعض النقّاد على هذا التيار الجديد واتهامه بالفوضى والغموض([2]).

ويمكن القول أن ما طرأ من تجديد في أساليب البناء الفني كان محدوداً جداً في السنوات العشر الأخيرة 1970-1980([3]).

أمّا مضامين قصص هذه المرحلة فقد تركّزت على مشاكل الفقر، والقهر الذي يعانيه المواطن على مختلف الأصعدة والمجالات([4])، ولم تعد القصص الاجتماعية -وهي تمثّل معظم قصص هذه المرحلة- لم تعد تتجه نحو الاصلاح الاجتماعي البحت بل أصبحت تركّز على الذات الممزّقة ووتتجاوزه إلى أبعاد انسانية وحضارية شاملة([5])، وكان المواطن هو بطل هذه القصص موظفا... فلاّحا... جنديا.. طالبا... الخ. ويؤخذ على القصة

---

(1) صبري حافظ "مستقبل الأقصوصة المصرية"، المجلة، عدد 116، 1966، القاهرة، ص5-19.

(2) صلاح عدس "الشيزوفرانياغي أدب الشباب" ، الزهور، جـ9، 1973، ص7.

(3) الوطن العربي، "القصة القصيرة في مصر" عدد 288، 1982، باريس ، ص70.

(4) ابراهيم فتحي، "سياحة في القصة القصيرة"، المجلة، عدد 152، 1969، القاهرة، ص113.

(5) التيارات المعاصرة في القصة القصيرة المصرية، ص46.

القصيرة في هذه المرحلة أنها كانت تميل إلى الكآبة والحزن وتصوير مظاهر الاحباط المتنوعة دون أن تمسك بعامود بطولة ما، ويؤخذ عليها أيضاً اهمالها دور العامل وقضاياه إذا قيس بما ناله الفلاّح، أو الجندي، او الموظف من اهتمام، كما يؤخذ عليها أيضاً اهمالها النسبي لقضية فلسطين في فترة السبعينات وهي محور قضايا الأمة العربية([1]).

وأهم الكتّاب الذين رسّخوا وثبّتوا دعائم هذه المرحلة هم: ادوار الخراط ويوسف ادريس ويوسف الشاروني ومحمد البساطي ويحيى حقي، وقد أصدر هؤلاء مجموعات قصصية في أوائل الستينيات كانت مقدمة وبداية للتيّار الجديد([2]).

وقد تميّزت هذه المرحلة بظهور الواقعية الاشتراكية التي بدأت بيوسف ادريس ويوسف الشاروني، وأبو المعاطي أبو النجا، ثم سليمان فياض، وفاروق منيب.. ويلي هؤلاء يحيى الطاهر، وجمال الغيطاني، وأحمد هاشم الشريف، وعبد الحكيم قاسم، ومحمد يوسف القعيد وغيرهم([3]).

وقد بقي للاتجاه القديم كتّابه أيضاً مثل: محمود تيمور، ومحمود البدوي، وعبد الله الطوخي، وصالح مرسي، وعبد العال الحمامصي، وبهاء طاهر، ومحسب حسيب([4]).

---

(1) أعداد الهلال 1970 حتى 1980.

(2) التيارات المعاصرة في القصة القصيرة المصرية، ص37.

(3) عبد الرحمن ابو عوف "البحث عن طريق جديد للقصة القصيرة المصرية"، الهلال، جـ8، 1969، ص89.

(4) الزهور، جـ7، 1973، ص5.

أخيراً لا بدّ من كلمة نوضّح بها الفرق في التناول بين المرحلتين بحيث نحسم ما حدث من اختلاف في تقييم قصص هذه المرحلة الاخيرة، وقصص المرحلة التي سبقتها، ولا بدّ للباحث قبل أن يطلق حكمه من أن يطّلع على أحوال وظروف المجتمع المصري سياسيا واقتصاديا واجتماعيا طوال هاتين الفترتين.

فنجد أن دراسة ظروف المجتمع المصري في عهود ما قبل الثورة وملاحظة ما كان يتميّز به من ظلم فاحش في توزيع الأرض، وظلم الفلاحين، وما كان من استبداد سياسي، وفقر وتخلّف وجهل وأمراض تفتك بالشعب... يجعلنا نحكم دون أدنى تردّد بأن القصة القصيرة كانت في واد... والشعب ومشاكله الحقيقية في واد آخر، وأن القصة القصيرة طوال المرحلة الأولى لم تخدم سوى الطبقة البرجوازية ترفيها، وتسلية، وتبريراً لما يحدث... ولا ننكر أن عددا قليلاً جداً من القصص قد فطن إلى هذه الأوضاع([1]).

أمّا في المرحلة التالية... مرحلة ما بعد الخمسينيات، فيمكن القول أن القصة القصيرة كانت مرآة حقيقة صادقة لمشاكل وقضايا الأغلبية سوى العمال الذين بقي حظّهم ضعيفا من اهتمام القصة القصيرة، ومع أن قصص هذه المرحلة لم تعكس صورة القضايا القومية والوطنية بصورة كافية إلاّ أنّها بيّنت بوضوح وجلاء الحالة الاجتماعية والاقتصادية وصوّرت مراحل تدهورها منذ السبعينيات، ولا ننسى أنه في هذه المرحلة وجد عدد من القصص تجرأ على نقد الأوضاع السياسية معتمداً على الرمز والايحاء وامكانيات تيار اللامعقول([2]).

---

(1) مصادر فصل "الحياة الأقتصادية في مصر".

(2) سمير حجازي "الاشكال المنهجي لدراسة الأدب العربي المعاصر" ، الفيصل، عدد 53، 1981، ص59-64.

الفصل الثاني

القصة القصيرة في مجلة "الهلال"
اتجاهاتها، محاورها، مراحلها، بيئاتها، وكتّابها
المرحلة الأولى (1892-1969)

الفصل الثاني
القصة القصيرة في مجلة "الهلال"
اتجاهاتها، محاورها، مراحلها، بيئاتها، وكتّابها
المرحلة الأولى (1892-1969)

القصص الموضوعة

1- القصص الاجتماعية القصيرة

*** القصص التي تناولت العلاقات الزوجية :**

يبلغ عدد هذه القصص سبعا وخمسين قصة، تعالج كلها مسألة العلاقات الزوجية من وجهة نظر اجتماعية اصلاحية، وذلك دون أن تتحيّز لأي من الطرفين، ودون أن تركز على طبقة معينة.

وتدور مواضيع هذه القصص حول وصف الحياة الزوجية والأسباب التي يمكن أن تهدم هذه الحياة أو تهدّدها، فتطرح نماذج يفشل فيها الزوجان، ونماذج ينجحان فيها ويحقّقان حياة زوجية سعيدة. ومن دراسة هذه القصص نجد أن الخيانة الزوجية تحتل المكان الأول من هذه الأسباب التي تؤدي إلى الانفصال أو الانتحار، أو القتل، وغالباً ما نجد أبطال هذه القصص من باشوات الطبقة الراقية([1])، أو المهندسين، أو المحامين، أو الأطباء، أو الفنانين([2])... من أبناء الطبقة المتوسطة الصاعدة، ويبلغ عدد هذه القصص التي تركز على الخيانة الزوجية خمسا وعشرين قصة.

---

(1) زكي طليمات (البطل) الهلال / جـ1945/4/ص530.

(2) أحمد عبد القادر المازني (شرف المهنة) الهلال / جـ10/ 1953/ص90.

بعد الخيانة الزوجية تأتي أسباب أخرى تهدد هذه الحياة وتؤدي غالباً إلى تحطيمها، وهذه الأسباب كما توضحها القصص هي: الفقر[1]، وصعوبة تأقلم الزوجة الأجنبية مع ظروف ومتطلبات البيئة المحلية[2]، وفارق السن[3]، والتفاوت الطبقي[4]، والإجماعي[5]، والعقم[6]، والشك[7]، والغيرة[8]، وطمع الزوج وجشعه[9]، وكون المرأة ذات تصورات وأحلام مثالية[10]، ثم اعتياد الرجل القمار وغيره من المفاسد الاجتماعية[11]، أو تأثر المرأة بجاراتها السيّئات[12].

أما بقية القصص فهي تتوزّع بين قصص تصوّر كفاح الزوجين في سبيل هناء الحياة الزوجية واستقرارها[13]، أو تصور لقطات هانئة سعيدة في

(1) بنت الشاطيء (اليائسة) الهلال / جـ1952/11/ص70.
(2) محمود كامل المحامي (الحنين) الهلال / جـ1930/2/ص265.
(3) أمينة السعيد (شخصية أحببتها) الهلال /جـ1955/8/ص35.
(4) أمينة السعيد (مذكرات حواء) هـ/جـ1947/2/ص100.
(5) محمد أبو طائلة (تكافؤ) هـ/جـ1944/10/ص698.
(6) سهير قلماوي (المسألة بسيطة) هـ/جـ1962/12/ص65.
(7) عبّاس علاّم (امرأة في قفص) هـ/جـ1950/9/ص113.
(8) صوفي عبد الله (ماذا في الفنجان) هـ/جـ1964/1/ص99.
(9) أمينة السعيد (بنيت لحبنا قبرا) هـ/جـ1952/2/ص58.
(10) بنت الشاطيء (في ربيع العمر) هـ/جـ619/1945/5.
(11) توفيق مفرج (لماذا تركت زوجي) هـ/جـ1914/9/ص653.
(12) صوفي عبد الله (ماذا في الفنجان) هـ/جـ1964/1/ص99.
(13) صوفي عبد الله (الصدى الضائع) هـ/جـ1963/2/ص115.

حياة زوجين لا تؤثر عليهما جميع المشاكل والمنّغصات([1])، وبعض هذه القصص يتناول هذه العلاقة في أهون وأبسط مشاكلها بصورة فكهة مرحة، وبطابع بعيد عن الجديّة.

وأهم كتّاب هذه القصص: محمود تيمور، وأمينة السعيد، ومحمود كامل المحامي، وأحمد عبد القادر المازني، وإبراهيم المازني، وإبراهيم المصري، وبنت الشاطيء وصوفي عبد الله.

*** القصص التي تناولت المرأة في أدوار اجتماعية مختلفة:**

استكمالاً لدور المرأة في الحياة، تمضي- "الهلال" معها بعد دورها زوجة وشريكة للرجل في حياته... تمضي معها في أدوار أخرى متنوعة في جميع مراحل حياتها، وذلك فيما يزيد عن مائة وخمسين قصة، وهذه القصص سجل حافل بصور الشقاء والمعاناة القاسية المستمرة للمرأة في المجتمع المصري بخاصة، وفي المجتمع العربي بعامة. وفي هذه القصص لا نلمس منذ سنة 1914 حيث نجد أول قصة حتى سنة 1969 تطوراً في مواقف المرأة ومواجهتها لأنواع القهر والاستغلال، كذلك لا نلمس أثراً لمشاركة المرأة، أو تفاعلها مع ثورة 1952، ولا نجد أدنى اشارة إلى أي مؤسسة حكومية تتعاون أو تتعاطف مع المرأة وقضاياها.

ومع أن المرأة في هذه القصص تقع تحت براثن الاستغلال من أقرب الناس إليها وحتى ممّن يتسترّون تحت لباس الدين الاّ أنها عموما في هذه القصص ذات مواقف مشرّفة، فهي تضّحي وتكدح وتعمل لأجل أسرتها، أو

(1) أمينة السعيد (هذا الخيط المقدس) هـ/جـ5/1950/ص102.

لتحرير نفسها، أو لتحرير وطنها، وقليلة هي القصص التي تصور المرأة في أدوار غير مشرفة.

المرأة في هذه القصص تبدأ المعاناة منذ طفولتها أو حتى من ساعة ولادتها إذ يبدأ تفضيل الذكر على الأنثى([1])، وقد تلاحقها سيئات واعتبارات هذه النظرة رغم كونها أنجب وأذكى من أخيها حتى أثناء دراستها الجامعية([2])، وقد تولد لقيطة([3])، أو تتعرض للضياع فتفقد وهي طفلة([4])، وقد تفرض عليها ظروفها الاجتماعية أن تعمل خادمة فتقاسي الكثير من قسوة سيدتها فتساء معاملتها، وأحيانا تتّهم ظلما وزورا([5]).

وتكبر هذه الطفلة، وتمضي القصص لتصف لنا ضروبا وأنواعا أخرى من صور الشقاء التي تتعرض لها، فهي قد تصبح تلميذة وتعاني من غيرة جامحة بلهاء تواجهها به معلمتها([6])، أو تعاني من قسوة زوجة الأب([7])، أو زوجة الأخ([8])، ومع سن المراهقة تتلقى أيضاً بعض الصدمات([9])، وتكبر هذه الطفلة وتهي دراستها فتعول حينئذ عائلة فقيرة عاجزة على حساب صّحتها

(1) بنت الشاطيء (الأخ الجديد) هـ/جـ1/1949/ص30.
(2) بنت الشاطيء (المطاردة) هـ/جـ7/1952/ص59.
(3) سهير قلماوي (الحقيقة كل الحقيقة) هـ/جـ8/1962/ص90.
(4) إبراهيم عبد القادر المازني (مفاجأة) هـ/جـ5/1945/ص592.
(5) بنت الشاطيء (الوصيّة) هـ/جـ10/1952/ص81.
(6) بنت الشاطيء (المقهورة) هـ/جـ5/1952/ص50.
(7) لطفي سلطان (في بيتنا امرأة) هـ/جـ4/1961/ص144.
(8) صوفي عبد الله (عاصفة صيف) هـ/جـ8/1952/ص89.
(9) صوفي عبد الله (جاء الأوان) هـ/جـ5/1963/ص99.

ومستقبلها([1]) وتقع ضحية استغلال أقرب المقّربين لها من آباء أو أخوة([2])، ويتقدّم الخطّاب لكنهم يتراجعون عندما يكتشفون فقرها([3])، وقد يتقدم بعضهم ليتزوج هذه المدرّسة حتى يسدّ أو يعالج ما في نفسه من شعور بالنقص.... : . ثمّ يطلّقها بعد حين([4]). وأحياناً قد يتم لها الزواج إلاّ أن زوجها يحاول أن يتاجر بشرفها([5])، وهي إذا لم تتزوج تمضي بها السنوات عزباء تجتر احزانها([6])، وعدا ذلك كلّه قد تعمل وتنفق على أهلها فلا تلقى أخيراً إلاّ الجحود والنكران من إخوتها([7]) أو أبنائها([8]).

وتصوّرها بعض هذه القصص أمّا رؤوما تحدب على أطفالها، وتتأثر لمرأى الأطفال حتى وهي عقيم([9])، وتصورها وهي تسعى في مراحل مختلفة في حياتها تناضل في سبيل تحرر جنسها من إسار العادات والتقاليد الفاسدة([10])، كذلك تصورها وهي تضّحي في سبيل وطنها وتقدم أبناءها فداء له([11]).

---

(1) بنت الشاطيء (حطام) هـ/جـ6/1949/ص42.

(2) بنت الشاطيء (أين المفر) هـ/جـ9/1957/ص36.

(3)بنت الشاطيء (غنيّة) هـ/جـ3/1956/ص69.

(4) بنت الشاطيء (وراء السراب) هـ/جـ9/1955/ص36.

(5) بنت الشاطيء (اللعينة) هـ/جـ8/1953/ص81.

(6) ملك سرور (غادة وتمثال) هـ/جـ12/1951/ص75.

(7) بنت الشاطيء (أردن رجلا) هـ/جـ1/1947/ص138.

(8) بنت الشاطيء (الخاسرة) هـ/جـ2/1951/ص107.

(9) محمود تيمور (الأمومة) هـ/جـ5/1932/ص690.

(10) أمينة السعيد (من يوميات طالبة) هـ/جـ12/1948/ص97.

(11) بنت الشاطيء (الثائرة) هـ/جـ1/1952/ص38.

ومع جميع هذه المصائب التي تصيبها بسبب العلاقات الاجتماعية القائمة على الاستغلال، وبسبب الوضع الاجتماعي المتردي وضعف مكانتها الاجتماعية وتأخر المجتمع عموما... مع هذا كله يأبى الكتّاب الا ان يجعلوا للقدر والمصادفات دوراً في مصائبها أيضاً فلا يضنّ عليها هؤلاء بمصادفات تجعلها تفقد ابنها، أو زوجها في حادث طائرة([1])، أو تفقد خطيبها وزوجها المنتظر حيث يتّضح أنه كان أخاها في الرضاعة وذلك في آخر لحظة([2]).

وبعد هذه القصص نقرأ قصصا أخرى تصوّر المرأة في أدوار قاتمة تجني فيها على نفسها بيدها فهي مرة أديبة مغرورة([3])، أو أخت تسعى لاختطاف زوج أختها([4])، أو امرأة متصابية([5])، أو فتاة من بيئة مترفة تتعاطى المخدرات([6])، أو امرأة ثرية الاّ أنها فارغة فكريا([7]) ، أو امرأة تؤثر اللهو والانفلات([8])، أو تكون غانية تبيع جسدها لمن يدفع الثمن([9]).

---

(1) بنت الشاطيء (الشهيدة) هـ/جـ5/ 1947/ص45.

(2) أحمد المازني (أصبع القدر) هـ/جـ 8/1957/ص70.

(3) بنت الشاطيء (على المنحدر) هـ/جـ9/1950/ص59.

(4) أمينة السعيد (نصيب الأسد) هـ/جـ5/1948/ص110.

(5) بنت الشاطيء (التائبة) هـ/جـ6/1953/ص62.

(6) أمير بقطر (فتاة الاسكندرية) هـ/جـ12/1961/ص97.

(7) سهير قلماوي (لقاء مع بطلة تافهة) هـ/جـ12/1963/ص122.

(8) صوفي عبد الله (عابرة سبيل) هـ/جـ3/1961/ص96.

(9) وإبراهيم المصري (آخر أيام غانية) هـ/جـ3/1963/ص147.

وهذه القصص لا ترسم حلولا لقضايا الرأة ومشاكلها، بل تصوّرها هادئة ضعيفة بـلا حول ولا قوّة، تقرعها المصائب والنكبات فـلا تقاومها بـل تمضي ـ في عملها وكدّها في صمت وقنوط.... والمرأة في هذه القصص ضعيفة حتى وهي إنسانة متعلمة مثقفة تمارس التدريس.

وتكثر هذه القصص بشكل ملحوظ في السنوات 1945-1961 وبعدها تقل القصص من هذا النوع، كما تقل القصص عموما في الهلال بعد هذه السنة حتى سنة 1969.

وأهم من تناولوا المرأة وقضاياها في هـذه القصص هـم: بنـت الشـاطيء ولهـا أكبر نصيب في هذه القصص، وثم أمينة السعيد، وصوفي عبدالـله، وبعـد هـؤلاء: محمـود تيمـور، ومي زيادة، وسهير القلماوي، وعبد الحميد جودة السحّار.

القصص العاطفية:

يزيد عدد هذه القصص عن خمسين قصة، تتناول عاطفة الحب ما بين الرجل والمرأة قبل الزواج، ومعظم أبطال هذه القصص من أبناء الطبقة الراقية أو المتوسطة. وفيما يقـارب أربعين قصة نجد أن هذه القصص تنتهي بنهايات دراميّة... بالقتل، أو الجنون، أو الانتحار.

وإذا ذهبنا نبحث عن الأسباب التي تقف في سبيل الحـب – كمـا يوردهـا الكتّـاب- نجد أنها تكمن في التفاوت الطبقي[1]، أو في فارق المركز

---

(1) أ. مجدي (الفصل الأخير) هـ/جـ4/1932/ص55.

الاجتماعي([1])، أو فارق السن([2])، أو الغيرة([3])، او الملل([4])، أو الشك([5])، او غدر أحد الطرفين([6])، أو معاكسة الظروف وتدخل القدر([7]).

هذا بينما نجد في عشر قصص أنّ الحب ينتصر في النهاية على جميع العوائق من مرض([8])، أو عجز([9])، أو نزوة طارئة([10])، أو فارق في السن([11])، أو فارق في المركز الاجتماعي والطبقي([12])... وهكذا نلاحظ أن الكتّاب جعلوا الحب ينتصر مرة ويفشل مرات في نفس الميدان.

ونلاحظ كثرة الكتّاب الذين تناولوا القصة العاطفية دون أن تكون حكراً على أحد منهم، كما نلاحظ أن هذه القصص تميّزت بالحوادث العنيفة والعواطف المبالغ فيها.

وأهم كتّاب القصة العاطفية: محمود تيمور، ومحمود طاهر لا شين، ويوسف السباعي، وحلمي مراد، وصوفي عبد الله، وأحمد عبد القادر المازني،

---

(1) محمود تيمور (الوباء) هـ/ جـ1933/4/ص469.

(2) محمود لاشين (ما لم أقله لأحد) هـ/جـ1945/5/ص696.

(3) أمير بقطر (الراهبة الحسناء) هـ/جـ1951/4/ص4.

(4) صوفي عبد الله (الغريم) هـ/جـ1960/11/ص82.

(5) حلمي مراد (رجل له ماض) هـ/جـ1947/8/ص125.

(6) مي زيادة (السمعة تحترق) هـ/جـ1934/3/ص257.

(7) يوسف السباعي (آه) هـ/جـ1948/8/ص149.

(8) يوسف السباعي (أريد الحياة) هـ/جـ1949/5/ص134.

(9) أحمد المازني (الأعمى) هـ/جـ1952/2/ص97.

(10) حسين القباني (كيف لا أغفر) هـ/جـ1957/8/ص75.

(11) صالح جودت (أربعة مؤمنون) هـ/جـ1953/10/ص66.

(12) محمود كامل المحامي (الرجولة الكاملة) هـ/جـ1958/8/ص1201.

وابراهيم المصري، وصالح جودت، وبنت الشاطيء، ومحمود كامل المحامي، وحسـين محمد القباني.

القصص الاجتماعية التي تناولت المرأة خارج مصر:

فيما يناهز عشـرين قصـة نـرى الكتّـاب يتنـاولون المـرأة وقضـاياها في العـالم العـربي والغربي، وهذه القصص لقلّتها لا تعطي صورة واضحة متكاملة عن وضـع المـرأة في أي بلـد..... فمن البحرين قصة ترينا أنّ المرأة لا تزال تباع وتشتري[1]... وفي المغـرب يهـون أمرهـا فتـزوج لعابر سبيل[2]......... وفي لبنان تعاني الفقر والمرض[3]... ومن لبنان نقرأ قصتين طريفتين ...... قصة عجوز يقتلها الطمع[4]... وقصة عجوز أخـرى تقتلهـا النميمـة والفضـول[5]... كـما نقـرأ قصتين عاطفيتين[6].... ومن العراق والسودان نقرأ قصتين عاطفيتين[7] ... ومن فلسطين نمـر على ثلاث قصص وطنية فيها تلتحق الطالبة الجامعية بصفوف الثوار في بلـدها[8]. أو تضّحي الأم بأبنائها في سبيل

---

(1) بنت الشاطيء (آمنة) هـ/جـ8/1951/ص50.

(2) بنت الشاطيء (ربيعها المؤود) هـ/جـ4/1951/ص69.

(3) ميخائيل نعيمة (شهيدة الشهد) هـ/جـ8/ 1954/ص10.

(4) ميخائيل نعيمة (هدية الحيزبون) هـ/جـ6/1952/ص5.

(5) ميخائيل نعيمة (مصرع ستّوت) هـ/جـ9/1955/ص19.

(6) أمينة السعيد (رنده) هـ/جـ3/1950/ص121.

(7) بنت الشاطيء (غريبة) هـ/جـ2/1949/ص98.

جاذبية صدقي (بنت السودان) هـ/جـ1/1955/ص203.

(8) بنت الشاطيء (الفادية) هـ/جـ9/1948/ص122.

الوطن([1])، أو يقتل الأعداء ابنها بوحشيّة([2])... ومن الجزائر قصة تصوّر بطولة فتاة جزائرية تقاوم مستعمري بلدها([3]).

ومن غير البلاد العربية نقرا سبع قصص، ثلاثاً منها عاطفية تنتهي بالفشل والخيبة([4])، والقصص الباقية تصوّر مأساة المرأة الألمانية بعد الحرب.

ونلاحظ في هذه القصص أنَّ المرأة العربية خارج مصر ليست أفضل حالا منها في مصر، كما نلاحظ أن معظم كتّاب هذه القصص هم من المصريين الذين أتيحت لهم فرصة السفر والإطلاع مثل: محمود تيمور، وبنت الشاطيء، وعبد الحميد جوده السحّار... وغير هؤلاء الثلاثة ممن كتبوا في هذا المجال نجد: ميخائيل نعيمة.... وهو الوحيد الذي كتب في الهلال من لبنان في مجال القصص في هذا الموضع.... ثم جاذبية صدقي ، وأمينة السعيد، ومحمد فريد أبو حديد.

* قصص ذات محاور اجتماعية متنوعة:

تبلغ هذه القصص نحو سبعين قصة، وهذه القصص تتكاتف في مجموعها لترسم صورة المدينة من كل زواياها وأبعادها التي لم تقربها القصص السابقة. ويجمع بين هذه القصص أن دور المرأة فيها ثانوي أو معدوم، وهذه القصص تركز على على مشكلات الطبقة المتوسطة وقضاياها، وتلقي الضوء على شرائح اجتماعية منوعة، فهي مرة تختار أبطالها من الشخصيات الشاذّه

---

(1) محمد فريد أبو حديد (أننا عائدون) هـ/جـ3/1959/ص27.

(2) بنت الشاطيء (اللاجئة) هـ/جـ10/1955/ص28.

(3) محمد ديب (اختفاء نعيمة) هـ/جـ1/1965/ص33.

(4) بنت الشاطيء (الحالمة) هـ/جـ6/1952/ص63.

الطريفـة، أو مـن العـمال، أو الفنـانين، أو المـوظفين، أو تعـرض نمـاذج مـن الحيـاة والمواقف تدعو إلى ترسيخ القيم الأنسانية النبيلة، او تنقد مظـاهر إجتماعيـة سـلبية تنخـر في المجتمع، وفيما يلي أنواع هذه القصص:

قصص الشخصيات الشاذّة:

هذه القصص تعرض نماذج بشرية يشوب سلوكها الإجتماعي أو تكوينها الجسماني أو كليهما معاً أنواع من الشذوذ، ويمضي الكتاب مع هذه الشخصيات ليصوروها ويوضحوا كيفية تفاعلها مع المجتمع، وليطرحوا من خلالها أفكارا فلسفية([1]) أو ينقدوا مظاهر اجتاعية سـلبية كالإيمان بالخرافات([2])، أو يدعوا إلى الإحسان والالتفات إلى الفقراء([3])، او لمجرد اثـارة الانتبـاه إلى أنماط من السلوك الإنساني المتنوّع([4]).

قصص الموظفين:

الموظف في هذه القصص أمّا مواطن مفلس([5]) فقير لا يملك قدرة على تغيير واقعـه، أو انتهازي يتواطأ مع الكبار ليسرق قوت الشعب([6])، أو مغرور

(1) جبران خليل جبران (الضائع) هـ/جـ1921/8/ص745.

(2) محمود تيمور (عفريت أم خليل) هـ/جـ1929/10/ص225.

(3) محمود تيمور (الكسيح) هـ/جـ1931/6/ص881.

(4) محمود تيمور (فاته القطار) هـ/جـ1951/2/ص86.

(5) ابراهيم عبد اللـه (رجلان) هـ/جـ1964/11/ص80.

(6) محمد فريد ابو حديد (تعلمت كيف أسرق) هـ/جـ1952/3/ص59.

مزهو بمركزه([1])، أو موظف بسيطٌ يدعي القدرة على التوسط للناس وحل مشاكلهم لدى المسؤولين([2]).

وتبدو في هذه القصص - على فلتها - بيروقراطية الموظفين الفاسدة، وأنواع من الخلل الاجتماعي تتبدّى في سوء حالة الموظفين، أو في الفساد الإداري أو في الوساطات والرشاوي.

قصص العمال:

لا نجد سوى قصتين عن العامل المصري، الأولى في الثلاثينات تبيّن مدى حاجة العامل إلى رضى صاحب العمل كما تصور استبداد وهيمنة أصحاب المعامل على مقدرات العمال([3]). والثانية في الستينات، وهي تمّجد العمل وتجد فيه حلاً لأزمات الانسان النفسية([4]).

ومن لنبان نجد ثلاث قصص: الأولى تصف حياة عامل يكسر الحجارة وتنتهي القصة بقتله ابنته الوحيدة([5])، بينما القصتان الأخريان تدوران حول وصف عاملين مخلصين يلقيان التكريم من زملائهما بعد خدمتهما الطويلة([6]).

---

(1) صوفي عبد الله (الواجهة الصمّاء) هـ/جـ8/1961/ص86.

(2) صوفي عبد الله (ألف مبروك) هـ/جـ10/1960/ص96.

(3) إبراهيم المازني (الفرصة الضائعة) هـ/جـ1/1933/ص29.

(4) يوسف جوهر (التراب الأحمر) هـ/جـ9/1962/ص97.

(5) ميخائيل نعيمة (كسّار الحصي) هـ/جـ11/1954/ص32.

(6) ميخائيل نعيمة (اليوبيل الماسي) هـ/جـ1/1953/ص62.

قصص الفنانين:

وهي لا تزيد عن خمس قصص، وتصور مرة فناناً من لبنان حطّمه اليأس والفقـر([1])، أو تصوّر الفنان رجلا طيبا يفعل الخير ويسـاعد المحتـاجين في المدينـة أو القريـة([2])، او تصـوّر تدخل بعض المتطفلين من مسؤولي وموظفي الحكومـة في شـؤون الفـن([3])، أو تصـف التـأثير النفسي الذي يعكسه الأثر الفني على المكان الذي يوجد فيه([4]). وهذه القصص -عـلى قلتهـا- تعكس إيمان الكتّاب بقدرة الفن والفنانين على تطوير مجتمعاتهم نحو الأفضل.

قصص الأطفال:

فيما يزيد عن عشر قصص نجد قصصـا تصـور الأطفـال يعـانون مـن الفقـر والجـوع والاستغلال([5])، ونجد قصصا تصور براءة الأطفال والوانـا مـن تصرفـاتهم العفويـة الطريفـة او الغريبة أحيانا([6])، وقصصا تصور هـؤلاء الأطفـال في ادوار وطنيـة([7]). لكـن الشيـء الواضـح في معظم هذه القصص هو صورة ذلك الطفل المشرد المصاب بعاهة بدنية المعرّض لشـتّى أنـواع القهر والاستغلال...... فصورة هذا الطفل تكاد تكون هي الطابع العام المشترك

---

(1) ميخائيل نعيمة (عدت من جهنم) هـ/جـ8/1953/ص17.

(2) محمد فريد ابو حديد (الفنان الكبير) هـ/جـ8/1959/ص48.

(3) صوفي عبد اللـه (اللقمة المسمومة) هـ/جـ7/1961/ص59.

(4) محمد فريد ابو حديد (الصورة المتجددة) هـ/جـ7/1954/ص70.

(5) بشر فارس (قطعة لحم) هـ/جـ10/1934/ص1165.

(6) ميخائيل نعيمة (عاشق العصافير) هـ/جـ1/1956/ص53.

(7) عباس علاّم (الكولونيل عبد الستار) هـ/جـ1/1948/ص97.

بين معظم هذه القصص. ولا نجد في هذه القصص إشارة لمؤسسة حكومية تعنى بهؤلاء الأطفال.

قصص المتسوّلين:

في أربع قصص يتناول الكتّاب مرة متسولا من نمط غريب ينتهي أمره إلى أن يصبح وارثا معتبرا([1])، ومرة يصوّر الكاتب كيف يصبح الفلاح الفقير متسوّلا عند زيارته المدينة([2])، ومرة تعرض صورة طفل مسكين يجبره والده على التسول([3])...... والقصة الأخيرة من لبنان يقف المؤلف فيها مع متسوّل غريب ليحادثه حديثاً فلسفيا بعيداً عن الواقع([4]). وهذه القصص أيضاً لا تشير إلى دور الحكومة في معالجة هذه الظاهرة، وكل ما فيها هو التعاطف والشعور بالشفقة والدعوة غير المباشرة للعطف على هؤلاء المتسولين.

قصص الصراع:

نقف هنا عند عشر قصص تدور كلها حول محور واحد هو الصراع، فثمة قصص تصور صراع الفرد في سبيل البقاء([5])، وقصص يخوض فيها

(1) محمود تيمور (الشيخ علوان) هـ/جـ1929/5/ص16.
(2) محمود تميور (إحسان للـهِ) هـ/جـ1944/1/ص17.
(3") بشر فارس (قطعة لحم) هـ/جـ1934/10/ص1165.
(4) ميخائيل نعيمة (أصغر الناب) هـ/جـ1949/7/ص7.
(5) سلامه موسى (الشعبان) هـ/جـ1917/1/ص102.

البطل صراعاً في مجالات مختلفة[1]، وقصص تصور الصراع في سبيل التحرر من بعض القيم البالية[2]، أو في سبيل الحرية الصحفية[3]، وهناك من القصص ما يصور الصراع بين المقاومة الفرنسية والنازيين[4]، أو بين الرأسمالية الاشتراكية[5]، أو بين الفرد والسلطة[6]، أو بين أسرتين[7]، أو بين الأسرة والمجتمع[8]. هذه القصص -على قلتها- عالجت موضوع الصراع الفردي، وصراع الجماعة عائلة أو أمة.... وقد تنوع موضوع الصراع ليكون اجتماعيا او سياسياً أو فكرياً.... كما تفاوتت هذه القصص في أسلوب تناولها فمنها ما كان سريعاً متعجلا ومنها ما كان متعمقا.

قصص ناقدة:

نجد هنا خمس قصص تصف مظاهر سلبية متنوعة، فمنها ما ينقد السلطات الحاكمة التي تجند الناس وتتسبب في قتلهم في سبيل أهواء ومطامع لا تعكس رغبات ومصالح الشعوب الحقيقية... وهي هنا تنقد وضعاً كان

---

(1) محمود لاشين (تحت عجلة الحياة) هـ/جـ3/1933/ص382.

(2) عبد الحميد عبد الغني (قابيل) هـ/جـ8/1936/ص932.

(3) فهربازو (حياة ثائر) هـ/جـ8/1954/105.

(4) محمد كامل حسين (قوم لا يتطهرون) هـ/جـ5/1962/ص68.

(5) محمد كامل حسين (أي الطريقين أهدى) هـ/جـ4/1962/ص67.

(6) صالح مرسي (الغضب) هـ/جـ9/1964/ص83.

(7) نقولا الحداد (الحق للقوة) هـ/جـ5/ 1945/ص691.

(8) محمد كامل حسين (فراق) هـ/جـ2/1962/ص67.

قائماً في لبنان([1])، ومنها ما يسخّر من الوصفات الطبية الشعبية([2])، ومنها ما يسخّر من تمسك الطبقة البرجوازية بالمظاهر الكاذبة([3])، أو ينقد وضعا سيئاً في المستشفيات([4])، أو تنقد جفاء الناس وبعدهم عن العواطف الانسانيه([5])... وهذه القصص ذات اتجاهات اجتماعية إصلاحية، الاّ أنها تختلف عمّا سبق في اسلوب تناولها المباشر لأمور أهملتها القصص السابقة.

وأهم كتّاب هذه القصص: محمود تيمور، وميخائيل نعيمة، وصوفي عبد الله، ثم نقولا الحداد، ومحمد كامل حسين، وسلامه موسى، ومحمود طاهر لاشين، وصالح جودت، وثروت أباظة، ومحمد عبد الحليم عبد الله، وابراهيم المصري، ومن الأسماء التي وردت لأول مرة: بشر فارس، وفهربازو، وصالح مرسي، ومحمد يس العيوطي.

قصص الريف والبادية:

طوال هذه الفترة 1914-1969 لا نجد سوى خمس وأربعين قصة تتناول الفلاح والريف المصري، هذا مع أن سكان الريف يشكلون ثلاثة أرباع مجموع سكان القطر المصري، كما أن أحواله أسوأ بكثير اجتماعياً واقتصادياً

---

(1) ميخائيل نعيمة (الربيع الضائع) هـ/جـ1951/4/ص9..

(2) محمود تيمور (تذكرة داود) هـ/جـ1968/1/ص28.

(3) محمود تيمور (خالة سلاّم باشا) هـ/جـ1968/10/ص89.

(4) محمد يس العيوطي (المعجزة) هـ/جـ1968/7/ص144.

(5) محمد عبد الحليم عبد الله (غناء عند الأقدام) هـ/جـ1968/6/ص114.

من أحوال سكان المدن([1]). وتصف هذه القصص المرأة والفلاح في ريف مصر ـ وما يرزحان تحته من ضغوط اقتصاديّة واجتماعية مختلفة.

ونأخذ أولا القصص التي صورت أحوال المرأة في الريف، فنجد أنها تبلغ خمس عشرة قصة. ومن دراسة هذه القصص نرى أن صورة المرأة محزنة وقاتمة جدا، فهي منذ صغرها تتعرض للقتل على يد بنت العمدة وهي تلعب معها([2])، أو تقتل بيد زوج الأب([3])، وعندما تكبر البنت وتصبح شابة قد تحوم الشائعات حول سيرتها فيقوم الوالد بذبحها([4])، وقد تجبر من قبل زوجها على ارضاع أطفال الأثرياء بغية الربح والكسب ولو على حساب صحتها([5])، وإذا أرادت أن تهرب من هذا الجو كلّه تلاحقها لعنات شيخ القرية([6])، أو يلاحقها زوجها ليقتلها وهي ترقص في ملهى مؤدية العمل الوحيد الذي يمكن أن تتقنه في ظل ظروفها([7])، ونجد نظرة الاحتقار تلاحق المرأة طوال حياتها حتى وهي تمارس أعمالا يستفيد منها سكان الريف كأن تكون مولّدة([8]) "داية" أو خاطبة([9]).

---

(1) مورو بيرجر، العالم العربي اليوم، دار مجلة شعر، بيروت، 1963، ص70.

(2) بنت الشاطيء (بنت العمدة) هـ/جـ7/1955/ص53.

(3) بنت الشاطيء (عالية) هـ/جـ4/1953/ص78.

(4) محمد حسين هيكل (الشيخ حسن) هـ/جـ7/1926/ص680.

(5) محمود تيمور (الحاج شلبي) هـ/جـ6/1927/ص680.

(6) بنت الشاطيء (عمياء) هـ/جـ6/1955/ص17.

(7) جاذبية صدقي (وخيم الظلام) هـ/جـ7/1951/ص66.

(8) محمد عبد الحليم عبد الله (الست كريمة) هـ/جـ8/1964/ص163.

(9) محمد عبدالحليم عبدالله (العش) هـ/جـ4/1965/ص39.

وفي القصص العاطفية التي نجدها -وهي ست قصص- نرى المرأة تلقى مصرعها بيد حبيبها الشاب بعد أن بعتدى عليها ابن العمدة[1]، أو ابن أحد الأثرياء[2]، وفي قصتين عاطفيتين ينجح الحب رغم المصاعب والمشقات لأن أبطال هاتين القصتين من المتحدرين اقتصاديا واجتماعياً[3].

بعد هذه القصص نصل إلى القصص التي وصفت أحوال الفلاح الاقتصادية فنراه يتعرض لابتزاز وتحايل السماسرة والمرابين فيصبح أجيراً في أرضه بعد أن كان مالكاً لها[4]. ونرى هذا الفلاح يلجأ إلى كل الأساليب ليحافظ على أرضه ولا يدعها تخرج للغريب[5]، كما نراه يموت حسرة وألما عندما يرى جهوده لا تثمر شيئاً بينما غيره من أصحاب الحرف والمهن الأخرى يربحون ويكسبون أضعاف ما يربح ويكسب[6]، ومن هذه القصص ما يبيّن كيفية وقوع الفلاح ضحية تلاعب المستغلين من سكان المدن[7]، كما نرى المرأة في هذه القصص تقف خائفة جزعة عند ضياع الأرض إذا تزوج عليها رجلها.... فتلجأ حينئذ إلى القتل[8].

---

(1) حسن محمود (أبن العمدة) هـ/جـ7/1933/ص90.

(2) محمود تيمور (صابحه) هـ/جـ5/1928/ص589.

(3) محمد حسين هيكل (حكم الهوى) هـ/جـ5/1926/ص465.

(4) سلامه موسى (كيف صار المالك أجيرا) هـ/جـ7/1926/ص689.

(5) محمود كمال المحامي (تركة وثلاث زوجات) هـ/جـ 12/ 1947/ص132.

(6) سليم شحاته (الأمنية) هـ/جـ6/1933/ص914.

(7) محمود تيمور (رجع إلى قواعده) هـ/جـ8/1954/ص56.

(8) حسن محمود (جارة العمر) هـ/جـ5/1952/ص74.

وفي بقية القصص نرى عادة الأخذ بالثأر لا تزال موجودة([1])، ونرى إيمان الفلاحين بالأولياء([2])، وانخداعهم بمن يتستّرون تحت أردية الدين([3]).

ومن ريف لبنان نقرأ قصتين لا تعطيان صورة كاملة عن وضع الفلاح في لبنان، الأولى تصف استغلال صاحب الأرض للفلاح([4])، والثانية تصف فلاحا ينفق على ابنه الذي يدّعي أنه يدرس في أمريكا وهو لا يفعل شيئاً([5]).

وأخيراً في اربع قصص، ثلاث منها لمحمد فريد أبو حديد، نقرأ قصصا ترفع من شأن البدو، وتمجد من قيم الشرف والأمانة التي يتمسك بها هؤلاء([6])، وذلك من خلال قصة عاطفية، أو قصة مطاردة لأحد المجرمين([7]).

وأهم كتّاب هذه القصص: محمود تيمور، ومحمد حسين هيكل ، ومحمود كامل المحامي، وحسن جلال، وعبد الرحمن صدقي، وسلامه موسى، وعباس حافظ، وميخائيل نعيمة، ومحمد فريد أبو حديد.

---

(1) يوسف وهبي (بلاد الأخذ بالثأر) هـ/جـ5/1945/ص603.

(2) محمود تيمور (ولي اللـه) هـ/جـ5/1945/ص2.

(3) محمود تيمور (المزواج) هـ/جـ9/1926/ص945.

(4) ميخائيل نعيمة (أكابر) هـ/جـ4/1955/ص10.

(5) ميخائيل نعيمة (البنكاروليا) هـ/جـ6/1954/ص101.

(6) أ. و. (والد يقتص من ولده) هـ/جـ3/1932/ص428.

(7) محمد فريد أبو حديد (ذئب الصحراء) هـ/جـ6/1952/74.

2- القصة الوطنية القصيرة:

يبلغ عدد هذه القصص خلال هذه المدة زهاء ثلاثين قصة، خمس عشرة قصة منها تتناول أحداثا وطنية مصرية، وعشر قصص تصف بطولات من فلسطين وخمس قصص من سوريا والجزائر.

وأبطال هذه القصص متنوعون، منهم البائع المتجول البسيط([1])، أو الموظف المتقاعد([2])، أو الجندي([3])، او الزعيم الوطني([4])، أو الطبيب([5])، ومنهم النساء([6])، والأطفال([7]).

ونجد التعبير الوطني يتخذ أشكالاً متعددة، فمن قتال وتضحية في الميدان، إلى مظاهرات وطنية، إلى رفض للمشاركة في مخططات العدو، وغير ذلك.

هذه القصص في مجموعها تركّز على بطولات مثالية فردية، وتتناول الأحداث دون أن تربط بينها وبين الواقع السياسي والاجتماعي بحيث لا نجد اختلافاً بين قصة مصرية وسورية.

---

(1) حبيب جاماتي (كرابيج حلب) هـ/جـ1958/5/ص53.

(2) محمود تيمور (مظاهرة) هـ/جـ1952/1/ص88.

(3) عبد الرحيم عمران (عودة البطل) هـ/جـ1953/11/ص86.

(4) عبد الرحمن الشرقاوي (طلائع الفجر الجديد) هـ/جـ1952/2/ص78.

(5) حبيب جاماتي (الحرية الحمراء) هـ /جـ1946/1/ص102.

(6) بنت الشاطيء (الفادية) هـ/جـ1948/9/ص122.

(7) عباس علاّم (الكولونيل عبد الستار) هـ/جـ1948/1/ص97.

ونلاحظ أنّ هـذه القصص لا تشـير إلى ثـورة 1919 إلاّ في مرحلـة متـأخرة بعـد الخمسينيات، كـما أنها لا تشـير إلى ثـورة 1952 إطلاقـاً، ولا إلى فلسـطين الاّ بعـد منتصف الأربعينيات.

وفي القصص الوطنية المصرية تحرص القصة على إبـراز دور المـرأة مسـلمة كانت أم مسيحية[1]، وتحرص أيضاً على أن تبين أن العمل الوطني يزيل الأحقـاد والثارات القبليـة[2]، وتمجد مواقف الزعماء الوطنية[3]، وتشيد إلى جانب ذلك ببطولات الجنود وغيرهم من سـائر المواطنين[4].

كذلك نجد في القصص الوطنية الفلسطينية تركيزاً على دور المـرأة في خدمـة وطنها، طالبة جامعية تشارك في الواجب الوطني[5]، أو ممرضة، أو امرأة مشردة ضائعة[6]، أو سـيدة سيدة تشجع زوجهاو أبناءها[7]، ونجد قصّتين يقاتل بطلاهما العدو في مواجهة مباشرة[8].

---

(1) بنت الشاطيء (الثائرة) هـ/جـ1/1952/ص38.

(2) عبد الرحمن صدقي (في طلب الثأر) هـ/جـ5/1957/ص51.

(3) محمد أمين حسونة (ثمن الوطنية) هـ/جـ9/1956/ص64.

(4) محمود لاشين (تحت عجلة الحياة) هـ/جـ3/1933/ص382.

(5) بنت الشاطيء (الفادية) هـ/جـ9/1948/ص122.

(6) بنت الشاطيء (وعد) هـ/جـ5/1958/ص16.

(7) محمد فريد أبو حديد (أننا عائدون) هـ/جـ3/1959/ص27.

(8) سليم اللوزي (البطل) هـ/جـ9/1948/ص157.

كذلك نرى القصص الوطنية السورية تتناول بطولات فردية([1]) أثناء ثورة 1925-1927، وفي القصص الوطنية الجزائرية نقرأ عن فتاة تشارك في الثورة([2]) كما نقرأ قصة تصف مشاعر جزائري وطني أبعد عن وطنه([3]).

وأهم من كتب القصة الوطنية في (الهلال): حبيب جاماتي، وبنت الشاطيء، وأمينة السعيد، ومحمد فريد أبو حديد، وسليم اللوزي، ومحمد عبد الحليم عبدالله، وعبد الرحمن صدقي، وجاذبية صدقي، وواضح أن كتاب القصة الوطنية من خارج مصر قلة ضئيلة.

3- القصة التاريخية القصيرة:

يبلغ عدد هذه القصص تسعين قصة، جاء معظمها في الثلاثينيات والأربعينيات، وتكاد تنقطع بعد ذلك فيما خلا سنة 1956 حيث نجد أربع قصص. وقد تناولت هذه القصص أحداثاً متنوعة من عصور تاريخية مختلفة تبدأ من العهد الفرعوني وتمتد إلى أيام مصر وعهودها في ظل المماليك والفرنسيين. وفيما يلي عرض لهذه القصص.... اتجاهاتها.... محاورها.... وكتّابها حسب العصور التي تناولتها:

1. العصر الفرعوني:

يبلغ عدد هذه القصص التي تناولت هذا العصر خمس عشرة قصة. وتمتد هذه القصص على صفحات الهلال من سنة 1923 إلى 1956 متناولة

---

(1) حبيب جاماتي (الحرية الحمراء) هـ/جـ1/1946/ص102.

(2) محمد ديب (اختفاء نعيمه) هـ/جـ1/1965/ص33.

(3) صوفي عبد الله (المعركة الأبدية) هـ/جـ12/1953/ص51.

أحداثا تاريخية جرت ما بين 3800 ق. م-609 ق.م. ومواضيع هذه القصص في معظمها وطنية، فهي تصف معارك جرت بين المصريين وأعدائهم([1])، أو تصف منجزات سياسية وعمرانية([2])، كالوحدة بين مصر والسودان([3])، أو بناء بعض الأهرامات([4])، او التفكير في حفر قناة السويس([5]). ويتخلل بعض هذه القصص مواقف عاطفية، وبعض هذه القصص يصف حياة أمير فرعوني([6])، أو بحثه عن امرأة أحبها([7]).

نلاحظ أن هذه القصص تحتفي بعاطفة حب الوطن، وقيمة الوفاء والاخلاص للحاكم، ومعظم أبطال هذه القصص من ملوك الفراعنة وملكاتهم وأمرائهم وأميراتهم.

وكتّاب هذه القصص: حبيب جاماتي، ومحمود تيمور، وسنيّة قراعة واثنان من كتّاب وأمناء المتحف المصري هما: محرم فؤاد، وجمال الدين سالم.

2. العصر الراشدي "عصر الخلفاء الراشدين":

تناولت معارك وفتوحات هذا العصر أربع قصص، منها ما صوّر حركة المرتدين وبطولات خالد بن الوليد([8])، ومنها ما تناول فتح مصر([9])

---

(1) حبيب جاماتي (طرد الغاصب) هـ/جـ5/1941/ص705.

(2) حبيب جاماتي (نحن السابقون) هـ/جـ6/1947/ص145.

(3) حبيب جاماتي (الانتقام الدموي) هـ/جـ5/1941/ص718.

(4) محرم كمال (قصة بناء الهرم) هـ/جـ5/1945/ص677.

(5) حبيب جاماتي (نحن السابقون) هـ/جـ6/1947/ص145.

(6) محمود تيمور (خلود) هـ/جـ10/1953/ص55.

(7) حبيب جاماتي (رسول فرعون) هـ/جـ5/1941/ص725.

(8) عباس علاّم (سيف الله خالد) هـ/جـ3/1948/ص66.

(9) حبيب جاماتي (حسان بن زياد) هـ/جـ5/1941/ص732.

ومنها ما تعرض لبدايات انتشار الاسلام([1])، وقد تخلّل هذه القصص مواقف غرامية ربطت بين بعض ابطالها، وكتّاب هذه القصص: إبراهيم المصري، وعبّاس علام، وسنيّة قراعة.

3. العصر الأموي:

نقرأ تسع قصص تناولت بعض أحداث هذا العصر، قسم من هذه القصص تعرّض لبعض المعارك([2]) والفتن([3])، والقسم الآخر دار حول مواقف وحوادث عاطفية جرت في قصر معاوية غالباً([4]). وكتّاب هذه القصص: طاهر الطناهي، ومحمد فريد أبو حديد، وعبد الفتاح عبادة، ووهبي اسماعيل، وحبيب جاماتي.

4. العصر العباسي:

نجد اثنتي عشرة قصة تتناول أحداثاً من هذا العصر، قسم من هذه القصص يصف أحداثا حربية وسياسية كفتوحات هارون الرشيد([5])، ومقتل أبي مسلم الخراساني([6])، وقسم يصف مواقف عاطفية، كقصص بعض

---

(1) إبراهيم المصري (شروق الاسلام) هـ/جـ1943/3/ص431.

(2) طاهر الطناهي (ألف شهر) هـ/جـ1940/7/ص765.

(3) محمد فريد أبو حديد (عبيد الله بن الحر) هـ/جـ1944/1/ص26.

(4) وهبي إسماعيل (غرام في قصر معاوية) هـ/جـ1948/8/ص120.

(5) علي الجارم (السهم المسموم) هـ/جـ1950/8/ص18.

(6) طاهر الطناهي (قائد العصر الذهبي) هـ/جـ1940/1/ص113.

الجواري اللواتي أحبّهن الخلفاء([1])، وقسم تناول مواضيع أخرى متنوعة يتصف بالطرافة ككرم معن بن زائدة([2])، أو قصة فتاة اعتادت أن تسرق أكفان الموتى([3]).

وكتّاب هذه القصص: علي الجارم، وبنت الشاطيء، ومحمود أحمد الحفني، وطاهر الطناهي، حسين القباني.

5. عصور أخرى:

غير ما سبق نجد خمسين قصة أخرى تناولت أحداثاً أو مواضيع من أربعة عشر زمنا تاريخيا من عهود الفاطميين والصليبيين والتتار والمماليك والعثمانيين، ومن عهد الفرنسيين في مصر، وعهد المسلمين في الأندلس، وعهد الأتراك في بلاد مختلفة في أوربا، كما تعرضت هذه القصص لأحداث وشخصيات تاريخية فارسية وصينية وفرنسية وروسية وألمانية ويهودية.

وقد تنوعت اتجاهات هذه القصص، لكن أبرز اتجاهين فيها هما: الاتجاه الوطني والاتجاه العاطفي... وثمة قسم يتناول مواضيع أخرى متنوعة.

من القسم الأول الذي يمثل الاتجاه الوطني نقرأ عن بطولات لأفراد يضحون في سبيل أوطانهم، فثمة أمرأة تركية([4])، أو مصرية تقاوم أعداء

(1) بنت الشاطيء (فريدة) هـ/جـ1958/7/ص68.

(2) طاهر الطناهي (عقد الجوهر) هـ/جـ1943/4/ص528.

(3) حسين القباني (سارقة الأكفان) هـ/جـ1951/8/ص40.

(4) حبيب جاماتي (فائزة) هـ/جـ1941/5/ص801.

بلدها[1]، أو أبطال يحاربون الفرنسيين في مصر[2]، أو الأفرنج في الأندلس[3].

ونلاحظ أن للمرأة دوراً بارزاً ومشرّفاً في هذه القصص، وهذا الدور ليس محصوراً بالمرأة المصرية بل يتعداه إلى المرأة من جنسيات كثيرة.

ومن القسم الثاني ذي الاتجاه العاطفي نقرأ عن الحب الذي يربط بين المرأة والرجل في خضم الأحداث التاريخية التي قد تقضي أحياناً على هذا الحب[4]، وهنا نقرأ عن أميرات يتنافس حولهن الفرسان، وأميرات يجني عليهن الجمال[5]، وأكثر هذه القصص تجري أيام حكم الصليبيين للوطن العربي.

أما القسم الثالث فيشير إلى بعض الشخصيات التاريخية متعرضاً لمسائل تدبير الحكم[6]، أو حدوث الفتن[7]، أو بعض المغامرات[8] ومنها ما يصوّر الصراع بين العاطفة وبين الواجب في نفوس الأبطال[9].

---

(1) حبيب جاماتي (فاطمة الفيومية) هـ/جـ5/1941/ص808.

(2) حبيب جاماتي (الفدية) هـ/جـ5/1941/ص828.

(3) حبيب جاماتي (عبد الرحمن الناصر) هـ/جـ5/1941/ص750.

(4) حبيب جاماتي (الحبيب القاتل) هـ/جـ5/1941/ص750.

(5) حبيب جاماتي (الجمال الجاني) هـ/جـ5/1941/ص785.

(6) محمد فريد أبو حديد (الامير بدر الدين) هـ/جـ5/1943/ص647.

(7) حبيب جاماتي (بلاط الشهداء) هـ/جـ5/1941/ص743.

(8) محمد فريد أبو حديد (الأمير محمد بك قشطة) هـ/جـ4/1952/ص24.

(9) ابراهيم المصري (الشريد) هـ/جـ3/1943/ص391.

وقلّما يذكر كتّاب هذه القصص مصادر قصصهم، وان كانت –كما هو معروف، وكما يذكر بعض الكتّاب مشيرين إلى مصادرهم – هي: كتب التاريخ، وكتب تاريخ الأدب، وبعض الوثائق من المتحف المصري.

وأهم كتّاب هذه القصص: حبيب جاماتي، وإبراهيم المصري، ومحمد فريد أبو حديد، وعباس علام، واحمد عبد القادر المازني، ومحمد علي باكثير، وقد تركزت معظم هذه القصص في العددين الخاصّين اللذين صدرا في عامي 1941، 1943، حيث جاءت في الأول أربع وعشرون قصة لحبيب جاماتي، وفي العدد الثاني ست قصص لابراهيم المصري.

4- القصة العلمية القصيرة:

في سبع قصص موزعة على سنوات متباعدة نقرأ عن أحلام الكتّاب، وتخيّلاتهم العلمية في المستقبل، هذه الاحلام التي تتجاوز النطاق المحلي لتصل إلى مستويات عالمية رغم سطحية التناول الفكري والفني.

من هذه القصص ما تصوّر كتّابه أن مصرـ تطورت وغدت لها مدن خاصة بالفن والجمال والسينما([1])، أو افترض أن المرأة نالت جميع حقوقها وأصبح الواقع مجرد ذكريات([2])، أو تخيل ابتكار اختراعات حديثة مفيدة للبشرية([3])، ومنها وما وضع القارئ أمام أمام حلم حلّ فيه جميع المشكلات

---

(1) حافظ محمود (بعد أربعة أجيال) هـ/جـ5/1932/ص829.

(2) بنت الشاطيء (البعث) هـ/جـ1/1950/ص65.

(3) حافظ محمود (بعد أربعة أجيال) هـ/جـ5/1932/ص829.

الاقتصادية للعالم[1]، ومنها ما تنبأ بإبطال مفعول القنابل الذرية[2]، أو حلّ مشكلة الجوع بعد أن اكتشف عالم ..... وداني أنواعا من، السماد الزراعي[3]، ومنها ما وصف قصة حب بين رجل أرضي وأميرة من المريخ[4]، ومنها ما حقّق السلم استجابة لنداء الهي[5].

وكتّاب هذه القصص: حافظ محمود، وحسن جمعة، وباكثير، ومحمد فريد أبو حديد.

---

(1) حافظ محمود (أحلام ثورة 2500) هـ/ج4/1932/ص562.

(2) علي أحمد باكثير (القوة الثالثة) هـ/ج10/1950/ص162.

(3) محمد فريد أبو حديد (السنبلة الذرية) هـ/ج1/1959/ص64.

(4) حسن جمعة (عروس المريخ) هـ/ج1/1950/ص137.

(5) حسن جمعة (صوت الله) هـ/ج4/1952/ص45.

القصص المنقولة "المترجمة" 1892-1969

تمهيد:

بدات "الهلال" قصصها المترجم سنة 1918 بعدد من قصص الجرائم دون ذكر المترجم أو المؤلف، واستمرت هذه البداية بضعة أشهر لم تزد فيها القصص المترجمة عن ست قصص، وبعدها طرأ توقف شبه تام عن نشر القصص المترجمة باستثناء القصص التاريخية حتى أواسط الاربعينيات، ومع توقف القصص التاريخية المترجمة والتي زادت عن أربعين قصة بدأت الأنواع الأخرى من القصص تظهر بصورة متزايدة على النحو التالي:-

1940-1945 خمس قصص.

1945-1950 أكثر من خمس وعشرين قصة.

1950-1955 أكثر من سبع وثلاثين قصة.

1955-1960 أكثر من ثمانين قصة.

1960-1965 أكثر من سبعين قصة.

ومنذ أواسط الستينيات بدأ ما يشبه الانقطاع، إذ لا نجد من سنة 1965-1968 سوى قصة واحدة عام 1968.

وتنبغي الاشارة إلى أن "الهلال" لم تتحيز فيما ترجمت لكاتب أو بلد معين، وأن كان اهتمامها قد تركّز على المواضيع الاجتماعية الانسانية العامة.

وتجدر الاشارة إلى أن "الهلال" قد نقلت كثيراً من القصص المترجمة عن مجلات أوربية وأميركية، كذلك لم تعبأ "الهلال" بذكر أسماء المترجمين إلاّ في القصص التاريخية حيث كانت تترافق غالباً مع أسماء مترجميها.

وقد استبعدت في هذه الدراسة ما يزيد عن ثمانين مغامرة في الأدغال وبين الثلوج، ومع الحيوانات... وغيرها مما نشرته الهلال، واعتادت نشره تحت كلمة "قصة" دون أن يتوفر فيه شيء من شروط القصة القصيرة الفنية.

1- القصة الاجتماعية القصيرة:

نبدأ أولا بالقصص التي تناولت الأسرة، وذلك لأن الأسرة بما فيها الزوجان وابناؤهما هي نواة المجتمع. وعدد هذه القصص خمس وأربعون قصة تمتد من سنة 1945-1961 وتتركز بكثافة في السنوات 1959، 1960، 1961 ومعظم هذه القصص مترجمة عن الفرنسية والانجليزية.

ونلاحظ أن غالبية هذه القصص تركز على المشاكل والصعوبات التي تواجه الأسرة، فهنا إحدى عشرة قصة، تؤدي الخيانة الزوجية فيها إلى أربع حوادث قتل([1])، وإلى انفصال الزوجين([2])، وتشرد الأطفال([3])، ومن مشاكل الأسرة التي توردها بقية القصص: التنافر بين الحماة وزوج ابنها([4])، والعقوق([5])، والفقر([6]) وعدم التوافق في السن([7])، وأبرز ما يلفت النظر في

---

(1) سومرست موم (آثار في الغابة) هـ/جـ3/1956/ص96.

(2) هيلمان برجمان (أتستطيع أن تشفيني يا دكتور) هـ/جـ5/1945/ص655.

(3) بول بورجيه (أيهم ليس ولدي) هـ/جـ8/1959/ص63.

(4) ادمون جالو (صفحت عنها) هـ/جـ10/1961/ص78.

(5) آرثر شينزلر (الهاتف المجهول) هـ/جـ12/1954/ص90.

(6) فرانك اوكونور (رجل البيت) هـ/جـ9/1955/ص30.

(7) لويجي بيرانديللو (فكّر في الأمر مرتين) هـ/جـ4/1945/ص548.

هذه القصص هو مصير الأطفال الذين تموت أمهاتهم، وتتفكك أسرهم فتلقى على كواهلهم مسؤوليات البيت في مرحلة مبكرة، أو يتعرضون للضياع والتشرّد[1].

وتعرض علينا بعض هذه القصص صوراً ايجابية مشرقة عن الحياة الزوجية الهانئة[2]، فنرى شابا ضالا يعود إلى أبيه[3]، أو حباً وتفاهماً يتولد بين والد وابنه بعد جفاء وسوء تفاهم[4]، أو تعاوناً بين الزوجين لتربية طفلة[5]، او احتراما للجدّ تبديه العائلة نحوه[6]، ... وهكذا.

وأهم كتّاب هذه القصص: طاغور، وتولستوي، ومكسيم جوركي، وفكتور هوجو، وسومرست موم، والبرتو مورافيا، وبول بورجيه، ولويجي بيرانديللو.

وتلي القصص السابقة مجموعة من القصص العاطفية تبلغ ستا وأربعين قصة تبدأ من عام 1936 وتتوقف عام 1963. وأبطال هذه القصص خليط من الشبان والشابات، والصبية المراهقين، والكهول، والعجائز، ونجد من بينهم: الطبيب، والسجين، والضابط، والمدرس، والمزارع... وغير هؤلاء.

---

(1) طاغور (قلب شريد) هـ/جـ12/1949/ص122.

(2) ميكائيل كنت (ربيع الحب) هـ/جـ4/1961/ص81.

(3) بيرهامبور (مفاجأة) هـ/جـ10/1952/ص40.

(4) مجلة أفريكان (الساق المشلولة) هـ/جـ10/ 1952/ص45.

(5) فيلهلم شيمبتون (الأب) هـ/جـ10/ 1956/ص98.

(6) هيرمان هايجرمان (هدية عيد الميلاد) هـ/جـ12/1957/ص83.

وقصص هذه المجموعة تتباين في حدّتها وطبيعة مشاكلها ويغلب عليها الاهتمام بالطبقة الوسطى. وفيما يزيد عن خمس عشرة قصة نقرأ ألوانا عادية مألوفة من قصص الحب دون أن تنتهي بمآس عنيفة. من هذه القصص قصة شابين يتنافسان للفوز بفتاة ويفوز الشاب الفقير(1)، وقصة ضابط يقع صريع قبلة لا يدري من أين جاءته أثناء حفلة راقصة(2)، وقصة شابة تحب شابا فتتبعه إلى بلده حتى تجده وتتزوج منه(3)، وقصة حب ينشأ بين معلم كهل وجارته(4).... الخ.

أما بقية القصص فهي ذات اتجاهات عاطفية أعمق، وذات نهايات مأساوية مؤلمة أحيانا، فثمة ست قصص تنتهي بالقتل أو الانتحار، اثر حب عنيف(5)، او تنافس حاد غير معقول(6) . وعدد من هذه القصص يصف ألواناً من الحب الرومانسي الهادىء العميق فيبدو فيبدو الحب وكأنه نوع من المرض(7). وثمة قصص عاطفية تكشف صوراً عميقة من الآلام الانسانية، كقصة امرأة يحسبها الناس كتلة من الشر والقسوة. بينما قلبها يحلم بحب هادىء مخلص(8)، وكذلك قصة فتاة تهرب مع ضابط روسي تاركة والدها

---

(1) نلسون ناي (قلعة الحب) هـ/جـ8/1961/ص100.

(2) أنطون تشيكوف (القبلة) هـ/جـ3/ص1937/ص323.

(3) جورج فيدال (جنون الحب) هـ/جـ8/1948/ص57.

(4) موباسان (مدرس اللاتينية) هـ/جـ11/1961/ص38.

(5) بيير فونتان (مأساة قروية) هـ/جـ9/1938/ص1029.

(6) (غرام الأخوين) هـ/جـ9/1949/ص54.

(7) موباسان (الغرام القاتل) هـ/جـ12/1961/ص45.

(8) مكسيم جوركي (حبيبها) هـ/جـ2/1936/ص202.

يعاني الألم والعار([1])، وقصة فتاة تحب شاباً.... لكن يتضح لها أنه مقعد فتكون الصدمة قوية([2])... وهكذا هذه القصص لم تصوّر الحب على أنه أمل وتفاؤل فحسب، بل أبرزت جانبه الأسود الكئيب أيضاً وبيّنت أن هذه العاطفة واحدة، وهي نفسها في كل بلد، وتصيب بسهمها الناس من جميع الطبقات والأعمار. وأهم كتّاب هذه القصص: موباسان، وسومرست موم، ومكسيم جوركي، وبوشكين، وبول بورجيه، وموريس بيدل، وجورج فيدال، وأنطون تشيكوف، وفرانسوا كوبيه، وبيير فونتان، وتريجينيف.

بعد ما سبق من قصص اجتماعية ركزت على الاسرة، وقصص عاطفية نأتي إلى قصص أخرى اتجهت إلى نقد ظواهر جزئية وعامة في المجتمع من وجهة نظر اجتماعية اصلاحية.

يمثل هذا الاتجاه الاجتماعي والاصلاحي خمس عشرة قصة نرى فيها نقداً للنفاق([3])، للنفاق([3])، والطمع([4])، والأنانية([5])، كما نلمس الدعوة إلى الاحسان، والحض على فعل الخير، الخير، وتنمية القيم الانسانية النبيلة([6]). من أبطال هذه القصص قطٌّ علّمه صاحبه النطق فانطلق يصارح المدعوين في حفلة بحقيقتهم([7])... أو قاض يقاوم الضغوط والإغراءات

(1) بوشكين (الأبنة الضالة) هـ/جـ1961/12/ص12.
(2) آن باتو (لماذا) هـ/جـ1963/4/ص40.
(3) أنطون تشيكوف (المنافق) هـ/جـ1958/3/ص31.
(4) هـ ج. ولز (الميراث الضائع) هـ/جـ1961/10/ص24.
(5) سومرست موم (صديق وقت الشدة) هـ/جـ1960/1/ص28.
(6) سومرست موم (العذراء والسكير) هـ/جـ1956/9/ص101.
(7) مجلة مونرو (القط الناطق) هـ/جـ1949/9/ص110.

دون أن ينحرف([1])... أو متشرد([2])... أو سكير يلاقي مصيراً تعسا([3])... كما نقرأ من هذه القصص ما ينقد التمييز العنصري([4])... أو ينقد الحروب وما ينجم عنها من ويلات ومصائب([5]).

وفي عشرين قصة أخرى نجد الاهتمام يتركز على مسألة الصراع بين الانسان والقوى المحيطة به على اختلافها وتنوعها. فنقرأ قصصا يدور فيها الصراع بين الانسان والعناكب([6])، أو أو الطيور([7])، أو وحوش البحر([8]).... وفي هذه القصص ينتصر الانسان على هذه القوى ويبلغ ويبلغ عدد هذه القصص التي يدور فيها الصراع بين الانسان والحيوانات أو القوى الغريبة ست قصص.

كذلك أيضاً نقرأ ست قصص تصف صراع الانسان في سبيل المبدأ، فهو مرة يصارع ويكافح في سبيل الحرية([9])، ومرة في سبيل حياة أفضل([10])، ومرة لأجل النجاح([11]).

---

(1) مجلة بلوبوك (قاضي انجليزي للبيع) هـ/جـ1956/1/ص122.

(2) أو. هنري (حلم ليلة شتاء) هـ/جـ1963/3/ص112.

(3) سومرست موم (قتلت زوجي) هـ/جـ1952/4/ص92.

(4) هارولد بانز (الأصابع السوداء) هـ/جـ196/4/ص132.

(5) بلاسكو أيبانيز (الذكرى الرهيبة) هـ/جـ1952/5/ص34.

(6) هـ ج. ولز (وادي العناكب) هـ/جـ1959/12/ص55.

(7) هـ ج. ولز(الوحش الطائر) هـ/جـ1960/5/ص100.

(8) هـ ج. ولز (وحوش البحر) هـ/ج1959/3/ص40.

(9) جيرالد كيوش (وعدنا من جديد) هـ/جـ1961/8/ص44.

(10) هندريك فان لون (التسامح) هـ/جـ1926/8/ص801.

(11)هنري بوردو (بائعة البنفسج) هـ/جـ1961/4/ص10.

وليست جميع هذه القصص تصوّر الانسان مخلوقاً قوياً قادراً، فنرى في بعض هذه القصص أن القدر يتلاعب بالانسان، ويلقيه عاجزاً داخل السجن رغم براءته([1])، ونرى نظرة هذا الانسان إلى الحياة تتغير كليا اثر مرض أو عارض صحي بسيط([2])، ومن هذه القصص ما يضع الانسان أمام نهايته المحتومة فلا يتمكن من تغيير هذا المصير([3])، ومن النماذج على هذه القصص قصة عدد من المساجين يبذلون كل جهد ممكن للهرب والنجاه.... وينجحون لكنهم يضلون طريقهم في البحر، ويعودون إلى نفس الجزيرة التي هربوا منها([4]).

وتمتاز قصص الصراع الأخيرة بنظرتها الانسانية الشاملة، وخروجها من نطاق الدائرة الاجتماعية الضيقة.

وكتّاب هذه القصص: سومرست موم، وأنطون تشيكوف، وتولستوي، وأرنست همنجواي، وهندريك فان لون، وهـ. ج. ولز، ويلاسكو إيبانيز، والفونس دوديه، وآرنولد زفايج، وأندريه موروا.

أخيراً.... وضمن هذه المجموعة من القصص الاجتماعية تبقى لدينا أربعون قصة يغلب عليها الأهتمام بتسلية القارئ تسلية عابرة، وذلك بسرد الحوادث الطريفة، والمغامرات الشائقة. وليس في هذه القصص عمق في التناول أو تركيز على قضية تشغل مجتمعا ما بصورة جديّة.

---

(1) تولستوى (المظلوم) هـ/جـ1957/3/ص78.

(2) آرنولد زفايج (النقطة الصفراء) هـ/جـ1961/11/ص60.

(3) تولستوي (النهايات الثلاث) هـ/جـ1953/10/ص23.

(4) جيرالد كيرش (وعدنا من جديد) هـ/جـ1961/8/ص44.

وبعض هذه القصص لا تعدو أن تكون وصفاً لحادث سرقة(¹)، أو جريمة قتل(²)، أو قبض على لصوص(³)، او قتل مجرم(⁴)

ومن هذه القصص ما يميل إلى المرح والفكاهة... فثمة شاب يفوز ببقرة في اليانصيب فلا يدري ما يفعل بها(⁵)... أو ممثل مائع تحبسه السلطات الروسية نتيجة خطأ فتقوم النساء بمظاهرات لإطلاق سراحه(⁶)... أو صداقة تنمو بين اللص وصاحب البيت الذي أراد اللص سرقته(⁷)... أو صفقة تجارية طريفة بين مخمورين(⁸)... الخ.

ومن هذه القصص ما يتصف بطابع الغموض والطرافة.... فنقرأ قصة عن أشباح تظهر على شاطيء البحر(⁹)... أو قصة رجل يحب البحر حباً غريباً غامضا.... الخ.

ما سبق من قصص -قصص التسلية- لم تكن كسابقتها من القصص الاجتماعية، لكنها لاقت استحسان القراء متوسطي الثقافة وهم غالبية قرّاء "الهلال" ولهذا السبب أكثرت الهلال من ترجمة أمثال هذه القصص.

---

(1) جورج فيدال (تمثال بوذا) هـ/جـ5/1947/ص104.

(2) أندريه موروا (لعنة الذهب) هـ/جـ8/1949/ص122.

(3) وليم نومان (الشيطان الاحمر) هـ/جـ8/1954/ص44.

(4) ميريام ألين (الشجرة القاتلة) هـ/جـ8/1954/ص96.

(5) كادي أفوتشنكو (البقرة) هـ/جـ2/1930/ص190.

(6) مجلة كورير (الفرار من جهنم) هـ/جـ3/1954/ص106.

(7) أو. هنري (لص ليس كالآخرين) هـ/جـ11/1959/ص76.

(8) موباسان (صفقة تجارية) هـ/جـ2/1960/ص20.

(9) آرثر تويلر (نداء الشاطيء) هـ/جـ8/1951/ص38.

وكتّاب هذه القصص: جورج فيدال، ووليم نويمان، وجورج لنوتر، ونيدر أتاير، وكادى أفرتشنكو، ثم بلزاك، وموباسان، وهـ ج. ولز، وادجار آلان بو، وأندريه موروا.

2- القصة التاريخية القصيرة:

ترجمت "الهلال" نحو خمس وأربعين قصة تاريخية، وقد توزعت هذه القصص على السنوات ما بين 1916 حتى أواسط الأربعينات بكثافة ملحوظة في الثلاثينيات، وقام بترجمة معظم هذه القصص حسن الشريف الذي قلّما كان يشير إلى المصادر التي يعتمد عليها([1]). وتنحصر أهمية هذه القصص في كونها مصدراً للامتاع والتسلية، ومصدراً لشيء من المعلومات التاريخية البسيطة.

ويمكن أن نحصر هذه القصص فيما يلي:

1. قصص حول نابليون:

في خمس عشرة قصة قام بترجمتها كلها حسن الشريف من عام 1916 حتى 1939 نجد قصصا تتعرض لغراميات نابليون([2])، ولشيء من حروبه([3])، ولطرف من حياته في منفاه الأخير([4])، كما تصف ادارته لإ مبراطوريته([5])،

---

(1) حسن الشريف (حينما يسيطر الحب على قلب الرجل العظيم) هـ/جـ4/1937/ص395.

(2) حسن الشريف (حينما يسيطر الحب على قلب الرجل العظيم) هـ/جـ4/1937/ص395.

(3) حسن الشريف (دخول نابليون برلين) هـ/جـ5/1918/ص426.

(4) حسن الشريف (أيام نابليون الأخيرة) هـ/جـ9/1921/ص857.

(5) حسن الشريف (أسرار العروش) هـ/جـ6/1938/ص657.

وتشير إلى بعض المحاولات لاغتياله([1])... ومن الغريب أننا لا نجد من تلك القصص ما يسير إلى سيرة نابليون في مصر باستثناء قصة تتحدث عن معشوقة له في مصر([2]).

2. قصص حول الثورة الفرنسية:

من عام 1936 حتى نهاية الثلاثينيات، نقرأ ثماني قصص حول هذه الثورة، كما نجد قصتين نشرتهما الهلال في وقت لاحق بعد الخمسينيات وتصف هذه القصص أعضاء مجلس الثورة وطريقة محاكماتهم([3])، وتذكر مصير بعض قادة هذه الثورة([4])، ومصير بعض أنصار الملكية([5]).

وقد كان حسن الشريف أهم من ترجم هذه القصص.

3. قصص حول ملوك وأمراء أوربا وروسيا:

في خمس عشرة قصة نقرأ عن ملوك وملكات أوربا وروسيا الذين حكموا منذ القرن السابع عشر حتى أواسط القرن العشرين.... نقرأ عن غرامياتهم([6])... فضائحهم([7])... وعن الظروف السياسية أيام قيصر روسيا في الحرب الأولى([8]) وغير ذلك... وقد ترجم هذه القصص حسن الشريف.

---

(1) حسن الشريف (محاولة اغتيال نابليون) هـ/جـ1917/3/ص249.
(2) حسن الشريف (غرام نابليون في مصر) هـ/جـ1917/1/ص139.
(3) حبيب جاماتي (نبي في جمهورية الشياطين) هـ/جـ1961/12/ص62.
(4) حسن الشريف (مصرع روبير) هـ/جـ1939/9/ص997.
(5) حسن الشريف (نهاية الملكة أنطوانيت) هـ/جـ1937/9/ص1026.
(6) حسن الشريف (عشيقة الملك شارل الثاني) هـ/جـ1950/9/ص99.
(7) حسن الشريف (قضيحة العقد) هـ/جـ1930/7/ص873.
(8) حسن الشريف (أكبر جريمة في التاريخ) هـ/جـ1932/6/ص867.

4. قصص أخرى:

تبقى أخيراً ست قصص ذكرت "الهلال" أصحابها دون ذكر المترجمين منها قصة ذات مغزى ديني تشير إلى بحث الانسان عن الحقيقة([1])، ومنها ما يصوّر وفاء نادراً لزوج أحد النبلاء([2])، ثم قصة ذات مغزى أخلاقي([3])، وقصة تصف فروسية قائد فرنسي([4])، وقصة تصف تصف ضراوة الحرب([5])، وتأثيرها على جندي نبيل... وتتميز هذه القصص عن سابقاتها في أن أبطالها ليسوا من الاباطرة والملوك... كذلك تتميز في كونها أعمق في مضمونها مما سبق، وأقرب إلى فن القصة القصيرة.

وأهم كُتّاب هذا القسم من القصص التاريخية: بترارك، وإسكندر ديماس الكبير، وأناتول فرانس، ومكسيم جوركي، وألفرد دي فيني.

3- القصة الوطنية القصيرة:

نقرأ في "الهلال" في هذه المرحلة عشر قصص وطنية... صينية، وفرنسية، وأمريكية، ومجرية متناثرة ما بين 1937-1956.

وتركز هذه القصص على الوطن وأهمية التضحية في سبيله. وأبطال هذه القصص... جنود... ومزارعون... ومعلمون... وتصف هذه القصص

---

(1) أناتول فرانس (النجم الجديد) هـ/جـ2/1949/ص132.

(2) بترارك (جريزالدا الصابرة) هـ/جـ8/1954/ص136.

(3) سلما لا جرلوف (جبل الفضة) هـ/جـ8/1950/ص54.

(4) إسكندر ديماس الكبير (الشرف العسكري) هـ/جـ9/1948/ص180.

(5) الفرد دي فيني (وداعا أيتها الحرب) هـ/جـ9/1959/ص54.

مواقف بطولية خارج([1])، وداخل ميادين القتال([2])، ونلاحظ أن دور المرأة في هذه القصص دور هام وبارز([3])، كذلك دور المعلم أيضاً([4]).

وأهم كتّاب هذه القصص: موباسان، وبيرل بك، والفونس دوديه.

4- القصة البوليسية القصيرة:

نشرت الهلال ست قصص بوليسية عام 1918 ثم توقفت حتى سنة 1955، وبعدها نشرت اثنتي عشرة قصة حتى سنة 1961. وهذه القصص تدور حول سرقة([5])، أو تزوير([6])، أو أو اختطاف وتهريب([7])، وتنتهي هذه القصص بانتصار الخير لكن منها ما ينتصر فيه الشر([8]). الشر([8]).

وكتّاب هذه القصص: كونان دويل، وأجاتا كريستي، وإدجار والاس، وموريس لبلان، آرنولد كيد.

---

(1) (الدرس الأخير) هـ/جـ1945/5/ص613.

(2) يوكاي (أم الاحرار) هـ/جـ1956/9/ص20.

(3) بيرل بك (الزهرة الذهبية) هـ/جـ1956/4/ص98.

(4) (الدرس الأخير) هـ/جـ1945/5/ص613.

(5) موريس لبلان (الياقوتة الزرقاء) هـ/جـ1955/9/ص73.

(6) أجاتا كريستي (الرسالة المزيفة) هـ/جـ/1959/ص29.

(7) كونان دويل (القطار المفقود) هـ/جـ6/ص1956/ص73.

(8) كونان دويل (القطار المفقود) هـ/جـ1956/6/ص73.

5-القصة العلمية القصيرة:

لا نجد سوى قصتين طوال هـذه الفـترة، الاولى تصـف قصـة حـب بـين مـدير شركـة وسكرتيرته في كوكب بعيد تخترق الطيور مبانيه([1]). والثانية عن مؤتمر للسلام الكوني يس تبدل فيه رئيس المؤتمر برجل آخر حفاظاً على حياته([2]). والقصتان لم تأتيا بخيال علمـي جديـد، ولا تعطيان فكرة واضحة عن هذا النوع من القصص.

---

(1) فردريك براون (الكوكب المجنون) هـ/جـ1/1958/ص96.

(2) روبرت هينلين (ابن المريخ) هـ/جـ1/1958/ص47.

المرحلة الثانية (1969-1980)

القصص المنوعة

1- القصة الاجتماعية القصيرة:

نبدأ بالقصص التي تناولت الاسرة المصرية، بما فيها العلاقة بين الزوجين وطبيعة هذه الأسرة وأحوال أبنائها وكل ما يتعلق بها.

وثمة ملاحظات عديدة نصل إليها عند دراسة هذه القصص التي يبلغ عددها نحو سبعين قصة، فنجد ان ثلاثين قصة منها تركز على طبيعة العلاقة الزوجية، وأكثر من عشرين قصة تتناول الأسرة بصورة عامة، أمّا بقية القصص فهي تصف المرأة في أدوار أخرى مختلفة بما له علاقة بنظام الأسرة، أو تصف أدوارا أخرى لبقية أفراد هذه الأسرة.

في القصص التي تتناول العلاقة بين الزوجين نجد تركيزاً على عنصر الفقر([1]) والخيانة الزوجية([2])، وثم نجد اهتماماً اقل بالمشاكل الاخرى كالغيرة([3])، ومتاعب الحموات([4])، وما شابه ذلك. ونلاحظ في هذه القصص أن الفقر من أقوى الأسباب التي تهدد أركان هذه العلاقة الزوجية. وفي هذه القصص نرى أن طبيعة العلاقة الزوجية قد تعقدّت ولم تعد بسيطة هينة، فثمة أشياء كثيرة تربط بين الزوجين وتجعل من المستحيل على أحد الطرفين أن يتخلى عن شريكه حتى في أصعب الظروف.

---

(1) علي عيد (الهمس الصاخب) هـ/جـ1978/10/ص142.

(2) راجي الورداني (زوجتي والقطة) ز/جـ1975/10/ص34.

(3) أليفة رفعت (قصة العرائس الإلهية) هـ/جـ1979/4/ص124.

(4) عزمي لبيب (جرعة وهم) هـ/جـ1972/8/ص164.

ونلمس في هذه القصص أن الخيانة الزوجية وحدها، وبخاصة من قبل الرجل لم تعد تشكل سببا موجبا للطلاق أو حتى مجرد التفكير فيه[1].

كذلك نلاحظ أن المرأة أصبحت تتمتع بقسط أوفر من الحرية خـارج نطـاق البيـت حتى وهي زوجة غير عاملة[2]. وأيضاً لم نعد نجد النهايـات الدراميّـة مـن قتـل وانتحار، وان كانت الحياة نفسها في كثير من هذه القصص أصبحت مأساة ومعاناة مستمرة.

وفيما يتعلق بالأسرة، فهنا عدد من القصص توضح لنا ظروف الفقـر التـي تعيشهـا هذه الأسر[3]، ومن هذه القصص ما يصف ألوانا من العلاقات الاجتماعية التي تـربط مـا بـين أفراد هذه الأسر[4].

ولا تخلو هذه المجموعة من قصص تعرض صوراً مشرقة متفائلة للتعاون والتكـاتف الاسري... ولكنها قليلة ولا تزيد في عددها عن خمس قصص[5].

ومع أن غالبية هذه القصص تهتم بالطبقة الوسـطى ومشـاكلها ألاّ اننـا نقـرأ خمـس قصص تهتم بتسليط الضوء على مظاهر معينة من حياة الطبقة البرجوازية، فـنرى مـثلاً رجـلا يشاهد زوجه تراقص أحد المـدعوين، ويـوقن في قـرارة نفسـه بخيانتهـا، ولا يفعل شـيئاً[6]... ومنها ما يرسم صورة لطبيعة

(1) أليفة رفعت (أزهار الحقد) ز/جـ3/1975/ص26.

(2) محمود البدوي (الباب الآخر) هـ/جـ4/1976/ص128.

(3) نعيم عطية (الزيارة) ز/جـ6/1974/ص47.

(4) محمود ديلب (رأس محموم...) هـ/جـ8/1969/ص93.

(5) نبيل عبد الحميد (عرايس وخيوط) ز/جـ2/1976/ص34.

(6) ماهر شفيق (الموت في الروح) ز/جـ12/1973/ص44.

العلاقات الاجتماعية المنحلّة بين افراد هذه الطبقة فنرى التفكك[1]، والاستغلال، والكراهيه داخل الأسرة الواحدة[2]،

وبالنسبة إلى المرأة، فنجد أن لها أدوارا عديدة إلى جانب دورها زوجـة كـما سبـق... فنراها أختا تسهر على تربيـة أخوتها الصغار[3].... وأمّـا تعمـل لـتربي أطفالهـا بعـد مـوت والدهم[4]، أو عجوزاً يهملها أبناؤها وأحفادها[5]، أو عانسا فاتها قطار الزواج[6]، أو مراهقـة مراهقة يلاحقها الشبان[7]، أو إمرأة عاملة يزعجها أحد الثقلاء بمطاردته[8]، وفي قصتين نراهـا نراها دبلوماسية ناجحة لكنها لا زالت بحاجة إلى الرجل[9]، أو غنية يائسة تعيش حالة قلـق وضياع في الحفلات[10].

ومع أن هذه القصص تلقي ضوءا على المرأة زوجا... وأختا... وأمّا... إلاّ أنها في الوقت نفسه تعرض صورة معقدة متشابكة للمجتمع كله.

(1) عاطف سعودي (الأوراق) هـ/جـ4/1979/ص118.

(2) عبد الرحمن فهمي (المسعور) هـ/جـ3/1971/ص32.

(3) عبد العزيز الشناوي (ثوب الزفاف) ز/جـ11/1971/ص32.

(4) حسين عيد (لو تظهر الشمس) هـ/جـ9/1978/ص139.

(5) فؤاد قنديل (اشتياق) هـ/جـ9/1978/ص143.

(6) وفية خيري (خطوط رقيقة) ز/جـ7/1974/ص34.

(7) أليفة رفعت (أحزان الطبيعة) ز/جـ4/1976/ص28.

(8) هدى جاد (أحزان الطبيعة) ز/جـ4/1976/ص28.

(9) ديزي الأمير (الشعر المستعار) هـ/جـ1/1971/ص82.

(10) السيد أبراهيم (دنيا بلا أحزان) هـ/جـ1/1980/ص126.

وتمضي هذه القصص مع المرأة لتصوّرها في أتعس حالاتها فنراها خادمة تهرب من بيت مخدومتها لسوء المعاملة([1])، أو تقتل([2])، أو تنتحر([3])، وفي ثماني قصص نراها بائعة هوى هوى تعيش حالة ضياع وقلق ويأس([4])، وهذه القصص تتعاطف مع المرأة في جميع أدوارها حتى وهي تبيع جسدها مبينة أثر الضغوط الاجتماعية والاقتصادية التي دفعتها إلى السقوط.

ونصل أخيراً إلى آخر مجموعتين من هذه القصص التي تناولت الاسرة وأحوالها... فنقرأ مجموعة تصوّر براءة الاطفال، وحبّهم الفطري للخير والجمال([5])، وتصف تعلّقهم بآبائهم([6])، وألوانا من حياتهم القاسية، وما يتعرضون له من حرمان عاطفي([7])، ومالي([8])، وثقافي([9]).

أما المجموعة الثانية فتتحدث عن الطلاب، عجزهم عن الوفاء بمتطلباتهم الدراسية والترفيهية([10])، مشاكلهم العاطفية التي تصطدم بالحاجز

---

(1) هدى جاد (بحيرة البط) ز/جـ7/1975/ص38.

(2) هدى جاد (السلاح الازرق) هـ/جـ11/1977/ص146.

(3) نبيل عبد الحميد (الرأس والحائط) هـ/جـ9/1978/ص148.

(4) غالب هلسا (امرأة وحيدة) هـ/جـ8/1970/ص116.

(5) أبو المعاطي أبو النجا (العصافير) ز/جـ3/1974/ص10.

(6) حسين مؤنس (الحادث) هـ/جـ8/1977/ص128.

(7) رستم كيلاني (من بعيد) هـ/جـ3/1974/ص144.

(8)صالح مرسي (الأطفال أطفال) هـ/جـ9/1970/ص50.

(9) محمد كمال محمد (أشياء صغيرة) ز/جـ4/1976/ص10.

(10) رجب سعد السيّد (البروجي يعزف كل النوبات) ز/جـ10/1973/ص24.

الطبقي(¹)، وأخيراً المنافسات العلمية بينهم والتي تنتهي باتجاهات سلبية(²)، ثم تذكر شيئاً من همومهم الجنسية(³).

بعد ما سبق من قصص يأتي دور مائة قصة تناولت قضايا وهموم ومشاكل المواطن المصري خارج نطاق الاسرة. وفيما يلي صورة مكثفة لمعاناة هذا المواطن وحياته المليئة بالنكد والشقاء: في هذه القصص نقف مع المواطن وهو ينتظر بفارغ الصبر باصات النقل(⁴)، ونقف معه وهو يصارع قاطعي التذاكر(⁵)، أو يتعرض لقسوة السواقين(⁶)، وفي شوارع المدينة نشاهد العاطلين عن العمل من المتسولين(⁷)، وحتى من الفنانين(⁸)، ونجد هذا المواطن يلاحقه الدائنون(⁹) ونراه في معركة فاشلة لاستئجار شقة(¹⁰)، وقد تهدم السلطات بيته أو دكانه دون أن تعوّضه لأنه مستأجر(¹¹)، أو نجده يتشرّد بعد سقوط بيته، وموت أمه وأخوته تحت الأنقاض(¹²). وقد نجد هذا المواطن

---

(1) سعد حامد (أربع سنوات) هـ/جـ7/1974/ص112.

(2) هدى جاد (أنا ورقة) هـ/جـ4/1972/ص123.

(3) فؤاد بركات (ليلة واحدة) ز/جـ1/1976/ص36.

(4) زهير الشايب (انتظار) ز/جـ2/1973/ص34.

(5) إدريس علي (المواجهة الأخيرة) ز/جـ1/1975/ص34.

(6) صالح مرسي (وكان في غاية الرضا عن نفسه) هـ/جـ8/1970/ص97.

(7) زهير البيومي (المسخ) ز/جـ11/1975/ص22.

(8) فاروق منيب (الفنان والأرض) ز/جـ10/1973/ص14.

(9) مراد صبحي متى (خطوة خطوة) ز/جـ1/1976/ص56.

(10) الحماقي المنشاوي (الخميس السابع) ز/جـ4/1976/ص46.

(11) حسين عيد (الكافور لا ينبت) هـ/جـ5/1978/ص142.

(12) رفقي بدوي (هذا ما حدث أولا) هـ/جـ4/1979/ص134.

يعيش في شقة رديئة شبه غريق أو ميّت([1])، أو شاباً يسعى إلى الزواج فيعجز نتيجة المطالب العديدة التي لا يستطيع أن يفي بها([2])، ومع هذه المعاناة المتصلة فقد يصل الأمر إلى حد التصفية الجسدية عندما يصدمه رمز من رموز المدينة القاسية التاكسي-" فيقتله وينتهي في لحظات سواء كان ريفيا بسيطا([3])، أو كاتبا من المدينة([4])... وتنتهي القصة دون أن أن تصل دجاجة الريفي إلى أصحابها، او أفكار القاص إلى قرّائها.

ومن هذه القصص ما يصف هذا المواطن مهزوزاً في شخصيته، وحيداً، منعزلا، يعاني كآبة الملل والوحدة، وصنوف القهر النفسي، والشعور بالاحباط والفشل والارتداد إلى الماضي المحزن التعيس، فهو في هروب متصل، وأحلام سوداء وهو متردد حتى في ابسط شؤون حياته اليومية([5])، وإذا حدث أن مارس هواية فهو يختار أبسطها وأسخفها كجمع العلب الفارغة التي ترمز لحياته الفارغة واهتمامه بما لا معنى له([6])......

ومعظم هذه القصص لا تعرض حادثة معينة بالذات، بل تعرض صوراً مكونة من جزئيات كثيرة ترسم معاً صورة كاملة لحياة هذا المواطن، فكأنّ مئات القصص بألوانها وصورها ترسم لوحة واحدة.

---

(1) حسين عيد (الطابق الأرضي) هـ/جـ1979/12/ص128.

(2) صلاح عبد السيد (الحصار) هـ/جـ1977/4/ص88.

(3) ادريس علي (المزيفون) ز/جـ1975/9/ص10.

(4) أحمد الشيخ (تصفية دم المواطن عوف) هـ/جـ1977/3/ص124.

(5) فتحي العشري (أذهب لا أذهب) ز/جـ1975/3/ص12.

(6) عاطف كشك (تصنيف الأشياء الفارغة) هـ/جـ1973/4/ص131.

بعد أن تناولنا القصص التي وصفت المواطن وحياته الكئيبة نجد في نفس المجموعة قصصا اتجهت إلى النقد وليس مجرد التصوير، فثمة نقد للمهور العالية([1])، والغش([2])، والخداع، والوصولية([3])، ونقد للجيل الحاضر الذي لا يريد أن يعمل ويتعب([4])، وألم لهوان الكلمة والقلم والكتاب([5])، وسخرية من بعض مظاهر الطبقة البرجوازية([6])، ونقد لمن يستغلون ظروف الحرب من أشباه الفنانين([7]) ونقد للصحافة([8])، والأطباء([9])، ولبعض الوزراء الوزراء الذين يعيشون في أبراج عاجية([10])، ثم نقد وألم وأسى بسبب قسوة المدينة التي أصبحت بلا روح أو حياة([11])، ثم نقد لظاهرة الهجرة إلى الخارج([12])، وبخاصة سفر المرأة طلبا للعمل([13]).

---

(1) سعد رضوان (المستندات) هـ/جـ7/1979/ص118.
(2) نجيبة العسال (أزمتي الأخيرة) هـ/جـ3/1980/ص90.
(3) حسين عيد (أيام جابر) هـ/جـ1/1978/ص152.
(4) عزت نجم (بقايا أعماق) هـ/جـ10/1980/ص121.
(5) نعيم عطية (البطاطا) هـ/جـ9/1980/ص127.
(6) فؤاد بركات (الحب تحت الارض) هـ/جـ5/1979/ص143.
(7) محمد الخضري عبد الحميد (المعطف) ز/جـ3/1976/ص38.
(8) عاطف سعودي (الزلزال) هـ/جـ10/1976/ص100.
(9) جمال الغيطاني (الرؤية) هـ/جـ11/1976/ص110.
(10) أحمد بوران (كيف أقابله) ز/جـ12/1974/ص10.
(11) محمد كمال محمد (المدينة التي تخلع الثياب) هـ/جـ2/1980/ص132.
(12) أحمد الشيخ (المهاجر) هـ/جـ3/1979/ص128.
(13) وفيق البرماوي(الذبيحة) ز/جـ4/1975/ص44.

وثمة عنصر أو عامل مشترك بين غالبية هذه القصص وهو العامل الاقتصادي، وفالفقر والحاجة هما منبع ومصدر جميع هذه المشاكل كما تعرضها هذه القصص، وثمة عنصر له دور ملحوظ أيضاً، وهو أن كثيراً من هذه القصص تشكو وتتألم من جفاف الحياة الانسانية وخلوها من صلات المودة والحب([1]).

ولا نجد إلا القليل القليل من القصص التي تصوّر الحياة مشرقة متفائلة... وهذه القصص لا تزيد عن خمس قصص، ثلاث منها جاءت تلبية لطلب محرر الهلال عام 1977 الذي رّحب بنشر ما يدعو إلى التفاؤل والحب الانساني من قصص.

وبكلمات موجزة نقول: إنَّ أهم المشاكل التي ركَّزت عليها هذه القصص كانت... الفقر... السكن... الهجرة طلبا للعمل... صعوبة المواصلات... هوان القلم والأدب... الشعور بالقهر والضياع.

ومن ضمن هذه الـ (مائة قصة) لا نجد سوى ثماني قصص هدفت إلى التسلية والامتاع دون أن تتعمق في الواقع... فثمة قصة لص توقع به لصة وتخدعه([2])، او قصة فكاهية حول معطف([3])، او شخصية طريفة([4])، أو قصة حلاّق مجرم يكتشفه البوليس([5])، او او قصة نشّالة تعود إلى ضميرها([6])، أو قصة رجل يخاف ركوب الطائرة([7])، أو قصة هرب طفلين من كلب يطاردهما([8]).

---

(1) فتحي محمد فضل (الكلاب) هـ/جـ9/1971/ص126.

(2) غبريال وهبه (لا تصدق امرأة) هـ/جـ4/1980/ص138.

(3) سعد رضوان (قصيرة ورفيعة وناعمة) هـ/جـ5/1970/ص122.

(4) فاضل مشالي (دكتور ميخا) ز/جـ5/1974/ص50.

(5) عاطف سعودي (مرآة الماضي) ز/جـ9/1975/ص50.

(6) عاطف سعودي (صحوة ضمير) هـ/جـ5/1978/ص108.

(7) عزت محمد إبراهيم (حلم ليلة سفر) هـ/جـ5/1979/ص134.

(8) عاطف سعودي (الحذاء) هـ/جـ7/1980/ص132.

تبقى اللوحة التي رسمتها القصص السابقة ناقصة لا تصور حياة المدينة وسكانها كما هي حقيقة ما لم نقف عند قصص الموظفين، والعمال، والقصص العاطفية.

نجد سبعاً واربعين قصة خصّت الموظف باهتمامها وتناولته بصوره فامه تطفح فقراً... وتعاسةً... وذلاً ... وخيبةً... وفشلاً. ولقد كان نشر هذه القصص دون طلب مسبق من إدارة الهلال، بل جاءت إملاء طبيعياً من ظروف الواقع وذلك امر يزيد من أهمية هذه القصص وصدقها.

وتركّز هذه القصص -في معظمها- على الموظف العادي خارج وظيفته وداخلها... فمن مشاكله في العمل:- ظلم في الترفيع([1])... حرمان من مكافآت مستحقة([2])... روتين قاتل في العمل([3])... رتابة وميكانيكية تُحيل الموظف إلى مسخ([4])... ذلّ وهوان أمام المدير([5])... استحالة نيل الحقوق([6])... رشوات... اختلاسات... فساد إداري متنوّع([7])... ومقاومة للفساد دون جدوى([8])... أو مشاركة واكتشاف لمشاركته في الفساد ثم

---

(1) عبد العزيز الشناوي (الشجرة والفأس) ز/جـ1975/4/ص48.

(2) إبراهيم سعفان (محاولة لعمل شيء ما) هـ/جـ1978/10/ص134.

(3) إبراهيم سعفان (محاولة لعمل شيء ما) هـ/جـ1978/10/ص134.

(4) صلاح إبراهيم (الأرشيف) ز/جـ1973/4/ص46.

(5) محمد كمال محمد (دعني أحمل الحقيبة) ز/جـ1976/8/ص44.

(6) أحمد بوران (كيف أقابله) ز/جـ1974/12/ص10.

(7) عاطف كشك (غرفة المرايا المسحورة) هـ/جـ1972/12/ص158.

(8) محمد كمال محمد (الصغار يركبون الاحصنة) هـ/جـ1978/6/ص142.

طرده[1]... علاقات تقوم على الحسد والتباغض والتربّص[2]... وقد تصل حدود الكراهية إلى القتل[3].

أما خارج الوظفية، فهموم الحياة ومتطلبات البيت، والحاجات اليومية تلاحقه في الأوتوبيس[4]... وفي المطعم[5]... وفي النوم[6]... وحتى في ليلة القدر[7]... وحالما يقترب من تحقيق حلم لأسرته نجده ينهار ويفشل[8]... وقد يفكر في الزواج فتدهمه المصاريف، والنفقات[9].

إزاء ذلك كلّه نرى هذا الموظف يحاول الهرب من هذه الظروف، فيلجأ إلى السفر للعمل في الخارج وقلّما تتاح له هذه الفرصة[10]، أو قد يؤثر العزوبية مكرها بسبب كثرة النفقات وعجزه المالي تجاهها[11]، أو يهرب إلى أحضان مومس مفكرا في مبادئ الثورة وما انتهت إليه[12]، وقد يضعف

---

(1) حنفي المملاوي (اللعب بالنار) هـ/جـ1980/8/ص142.

(2) راجي الورداني (جلاجلا يا دنيا) ز/جـ1976/5/ص10.

(3) فتحي هاشم (الغريم) ز/جـ1973/7/ص46.

(4) مراد صبحي (الخيوط السوداء) ز/جـ1976/8/ص49.

(5) حسين عيد (الصباح الباكر) هـ/جـ1979/6/ص137.

(6) حَمدَ الكنيسي (واحد -2-3-4) هـ/جـ1970/8/ص140.

(7) ابراهيم سعفان (الدائرة) ز/جـ1976/8/ص23.

(8) زهير الشايب (الطريق) ز/جـ1973/8/ص18.

(9) الحماقي المنشاوي (الخميس السابع) ز/جـ1976/4/ص46.

(10) حسين عيد (قصة الدائرة والاغتراب) هـ/جـ1978/11/ص144.

(11) حسين عيد (اجازة) ز/جـ1976/7/ص51.

(12) طه حوّاس (الرحلة) ز/جـ1974/9/ص33.

فيصل إلى حد الجنون أو الانتحار([1])، وقد يتّخذ هروبه مظاهر سلبية أخرى فيرتاد دور السينما ويجلس مع الصبيان والعاطلين وهو موظف كبير([2]).

ومن جهة أخرى نرى في خمس قصص وصفاً لطبقة الموظفين الكبار، وصوليتهم وفسادهم([3])... وتفكك حيواتهم العائلية، ووصولهم إلى قمة الإدارة بوسائل غير شريفة([4]).

.... هذه حكاية الموظف... ولعلها أتعس حكايات "الهلال" وأعمقها دلالة، وأسوأ ما في هذه القصص أنها تصور الموظف انسانا قد غدا فاقداً لكرامته واحترامه الشخصي-والوظيفي وفاقدا لحسّ الإنتماء إلى الأمة والوطن وأسيراً - غير واعٍ- لحاجته وحاجات أسرته اليومية... وبكلمة واحدة هو ضحية فقر التي ألحقت به الهوان في كل مكان.

إذا ذكر الموظف ذكر العامل، وفي سبع قصص نعيش مع العامل، فهو إمّا مندس يعيش حياة كئيبة بلا معنى في السد العالي([5])، أو عجوز هرم تستغني الحكومة عن خدماته([6])، أو مع فريق عمل في الآثار دون أن نلمح ظلا من تفاؤل أو حياة([7])، أو عامل عند عند صاحب مصلحة في القطاع الخاص

---

(1) شوقي فرج (الجدار) ز/جـ9/1976/ص54.

(2) رفقي بدوي (الاستثارة) هـ/جـ5/1980/ص132.

(3) شوقي دياب (ثقب في دماغ موظف) ز/جـ5/1973/ص54.

(4) عاطف كشك (ليلة في عش السعادة) ز/جـ9/1973/ص23.

(5) حسني عبد الفضيل (الأيام لا تأتي تباعاً) ز/جـ1/1973/ص134.

(6) فتحي محمد فضل (الكلاب) هـ/جـ9/1971/ص126.

(7) الدسوقي فهمي (المقبرة تحت المسكن) هـ/جـ4/1977/ص130.

يضيع حقه ويفقد مستقبله عندما يهرب مدير العمـل(1)، أو عجـوز صـاحب سيارة نقل، تخرب سيارته فينتهي بانتهائها لأنه لا يملك ثمنا لغيرها(2)، أو نراه يجمع القمامـة وابنتـه تأكل فاكهة فاسدة(3)، ولا نجد سوى قصة واحدة تشـير إلى الأحـوال الماديـة الجيـدة لـبعض اصحاب المهن(4). وهذه القصص -على قلتها- ترينا أنَّ العامل لم يكن في حال أفضل من حـال الموظف.

وفي جميـع قصـص المـوظفين والعمـال لا نجـد سـوى قصة واحـدة تشـير إلى المـرأة الموظفة... فهي مديرة تكره أحد الموظفين الجدد لنشاطه واكتسابه حب زملائه لكنها لا تلبث أن تطمئن إليه بعد نتائج عمله التي ارتدّت إليها بالشـكر مـن رؤسـائها(5). وأيضاً لا نجـد في جميـع هذه القصص أدنى إشارة إلى دور حكومي إيجابي لتحسـين حالـة الموظف أو العامـل، ومرة أخرى تنبغي الإشارة إلى أهميـة هـذه القصـص التـي وردت في الهـلال بصـورة عفويـة طبيعية فكانت في دلالتها أصدق من الاحصائيات والارقام.

أخيراً نصل إلى القصص العاطفية، وهي زهاء خمس وأربعين قصة. ابطالها مـن أبنـاء الطبقة المتوسطة، وفي ثلاثين قصة منها نجد صور الحـب العاديـة المألوفة... لقاء عـلى شـط النيل(6).... لقاء في منتزه(7)... لقاء في شقة(8)...

_____

(1) محمود البدوي (الدكان) هـ/جـ8/1969/ص28.
(2) صلاح عبد السيد (أغنية حزينة) هـ/جـ3/1979/ص132.
(3) محمد صلاح الدين (البرتقالة) هـ/جـ8/1979/ص129.
(4) أحمد علي رجب (وجدت خالا) هـ/جـ6/1979/ص134.
(5) حمدي عمارة (مدام فوزية) ز/جـ1/1975/ص50.
(6) عزمي لبيب (عاشقان في ضوء القمر) هـ/جـ4/1975/ص104.
(7) نبيل عبد الحميد (المغزل) ز/جـ5/1976/ص35.
(8) ملاحة الخاني (سرّ) هـ/جـ11/1969/ص109.

أحلام رومانسية([1])، وتنجح بعض قصص الحب وتنتهي بالزواج([2])، لكنها بعضها يفشل بسبب اختلاف الجنسية([3])، أو اختلاف الدين([4])، أو ممانعة الأهل([5]) أو الشك([6])، أو أو لظروف خارجة عن الارادة([7]).

وفي خمس قصص يبدو الحب حباً جنسياً خالصاً بعيداً عن الرومانسية التي كانت مألوفة في قصص الحب في فترة سابقة، فثمة شاب يطارد فتيات([8])... أو مغترب يستغل فتاة بريئة([9])... أو مطاردة لأرملة جميلة([10])... أو خواطر جنسية بين شاب وإمرأة في الباص([11])... أو لقاءات حب بين سيدة وخادمها([12]).

---

(1) وفية خيري (محاورة) هـ/جـ6/ 1980/ص122.

(2) عباس خضر (أنيس وأنيسة) هـ/جـ1/1974/ص138.

(3) الطيب صالح (مقدّمات) هـ/جـ9/1969/ص34.

(4) لوسي يعقوب (سؤال بلا جواب) هـ/جـ8/1973/ص152.

(5) رستم كيلاني (وكانت النهاية) هـ/جـ1/1975/ص134.

(6) رستم كيلاني (عندما تصدق الاحلام) هـ/جـ11/1973/ص133.

(7) فتوح الشاطبي (عيون الياسمين) هـ/جـ7/1969/ص89.

(8) عبد الحكيم قاسم (عن البنات) هـ/جـ8/1970/ص26.

(9) محمود البدوي (سونيا الجميلة) هـ/جـ5/1971/ص154.

(10) سعد حامد (الثوب الاسود) هـ/جـ4/1973/ص98.

(11) سعيد سالم (قطرتان من المحيط الأسفل) هـ/جـ6/1979/ص138.

(12) حسن عبد المنعم (السيدة والسلطان) هـ/جـ11/1973/ص105.

وبقية القصص يصطدم الحب فيها بقسوة وعنف بحاجز الفقر فقد تقضي على هـذا الحب طلبات ونفقات الخطبة والشقة([1])... أو متطلبات الحياة في المدينة([2]) أو الحاجز الطبقي الكثيف([3]).... وقد يجد البطل نفسه فقيراً عاجزاً وهو يرى محبوبته تـزَّف لغيره فينطلق بموّال رقيق يشكو فيه فقره وسوء حاله... داعياً وراجياً ربّه أن يديم عليه صحن الفول([4]).

قصص الريف والفلاح المصري:

وضّحت لنا القصص السابقة صورة المدينة، وهنا وفي خمسين قصة تتكوّن أمامنا صورة واضحة عن قطاع الريف، حالة الفلاح، علاقته بأرضه، وبإخوته من سائر الفلاحين، ثم علاقته بالسلطة.

الفلاح في معظم هذه القصص يقع تحت طائلة الفقر، والمرض، والظلم، والجهل، فقد يصيبه المرض ويقعده عن العمل رغم الحاجة والفاقة([5])، وقد تمرض زوجه فيقف عاجزاً عن توفير العلاج لها لبعد العيادة الطبية وسوء معاملة المسؤولين للفلاحين([6])، ويحاول أن ينفق على ابنه ليتابع دراسته فلا يستطيع([7])، وقد تموت الجاموسة فيكاد يتحطم لولا مساندة

(1) سمير شاكر (ما الحب) ز/جـ1975/12/ص60.

(2) فتحي سلامه (قراءة جديدة لقصة حب قديمة) ز/جـ9/ص1976/ص42.

(3) محمد مستجاب (موقعة الأرانب) ز/جـ1973/5/ص42.

(4) محمد سالم (اعتراف) هـ/جـ1977/3/ص154.

(5) عبد العزيز الشناوي (أغوار الأشياء) هـ/جـ1980/9/ص132.

(6) محمد يوسف القعيد (مناجاة القلب الحزين) ز/جـ1973/3/ص51.

(7) صلاح إبراهيم (البقرة وقعت في البير) ز/جـ1976/1/ص51.

الفلاحين([1])، ونراه يقع ضحية استغلال اصحاب الاملاك عند الانتخابات([2])، ونراه ضحية للسرقات والاختلاسات التي يقوم بها الوظفون والمسؤولون عن جمع المحاصيل([3])، كما كما نرى أن حلول بعض الآليات الزراعية الحديثة -دون تخطيط- قد قضى على موارد رزق بعض الفلاحين([4])، ورغم جميع هذه السلبيات لا نزال أيضاً نرى النزاعات والصراعات العشائرية([5]).

ونقرأ قصصا أخرى تضيف مزيدا من الألوان والتفاصيل لهذه الصورة تساهم في رسم صورة كاملة للريف... فهناك فلاحون يبحثون عن أعشاب سحرية تعيد إليهم الشباب([6])، وهناك القاتل المأجور لا يزال موجودا([7])، ونقرأ عن جريمتي قتل واغتصاب كذلك([8])، كما نرى نرى متشرداً هائماً يعتقد فيه أهل القرية صفة الولاية لكنهم يكرهونه لأنه يصارحهم بما يخفون([9])، ونسافر

(1) عبد العزيز الشناوي (حذاء من طين) ز/جـ1975/7/ص24.
(2) عبد العزيز الشناوي (سيف من ورق) ز/جـ1976/9/ص44.
(3) محمد يوسف القعيد (الشونة) هـ/جـ1977/3/ص112.
(4) محمد يوسف القعيد (الشونة) هـ/جـ1977/3/ص112.
(5) أحمد الشيخ (الليل في كفر عسكر) هـ/جـ1978/11/ص140.
(6) فؤاد بركات (الأعشاب التي ....) هـ/جـ1976/10/ص141.
(7) محمد مستجاب (امرأة) ز/جـ1974/1/ص44.
(8) محمد المنسي قنديل (من الذي قتل مريم الصافي؟) هـ/جـ1977/3/ص88.
محمد كمال محمد (صوت الصدى) ه/ج1978/9/ص144.
(9) إبراهيم سعفان (حبّ الله) ز/جـ1976/2/ص48.

مع مجموعة فلاحين محشورة في باص صغير ونسمع حديثهم ونرى بساطتهم وعفويتهم[1].

ومع أن هذه القصص تظهر الفلاحين بصورة بائسة إلا اننا نلمح خلال هذه القصص، ومن قصص أخرى، ومضات مشرقة وصوراً من التعاون الإيجابي الرائع، سواء كان تعاونا فردياً أم جماعياً دون أن نقرأ شيئا عن مساندة السلطة للفلاحين إلّا في قصة واحدة تشير إلى بناء السد العالي.

من صور التعاون في هذه القصص:- فلاحون يتعاونون ليقيموا سدّا ترابياً[2]، أو ليساعدوا فلاحا نفقت جاموسته[3]، أو مرضت زوجه[4]، كما تتجلى في هذه القصص صور التضحية الوطنية والتفاعل الايجابي المشارك مع احداث المعارك بين مصر واسرائيل[5].

ومن صور التعاون الفردي نقرأ عن الفلاح الذي يقف مع جاره[6]، أو أخيه رغم الاساءة السابقة[7].

كما نرى من صور التصميم والارادة فلاحة فقيرة تصرّ على استكمال ابنها لتعليمه[8]. ثمّة قصتان تصفان الريف وتتغنّيان بجماله[9].

---

(1) محمد مستجاب (البحث عن ثروت) ز/جـ4/1975/ص18.

(2) محمد عبد المنعم الطنبولي (سد من فولاذ) ز/جـ1/1974/ص34.

(3) عبد العزيز الشناوي (حذاء من طين) ز/جـ7/1975/ص24.

(4) محمد يوسف القعيد (مناجاة القلب الحزين) ز/جـ3/1973/ص51.

(5) فتحي سلامه (هذا ما حدث لي) ز/جـ3/1975/ص44.

(6) عبد العزيز الشناوي (السمك يعيش على الارض) هـ/جـ10/1978/ص138.

(7) عبد العزيز الشناوي (الطيور لا تعرف اليأس) هـ/جـ9/1978/ص136.

(8) عبد العزيز الشناوي (الطيور لا تعرف اليأس) هـ/جـ9/1978/ص136.

(9) عبد الرحمن شلش (البحث عن الياقوت) ز/جـ3/1976/ص44.

رفقي بدوي (نوم الفارس) هـ/جـ11/1978/ص146.

تبقى لدينا بعد هذا قصّتان من السودان للطيب صالح، الاولى تصف قرية بفلاحيها، ومعتقدات أهلها، ومعالمها الجغرافية، وتمر السنوات والحكومات المتعاقبة تهمل هذه القرية ولا تتفهَّم حاجاتها، لكنها تتطور ببطء... وتنتهي القصة بالتفاؤل والأمل([1]).

والثانية تصف فلاحا يتألم بمرارة وهو يرى محصوله وأرضه يضيعان من يده بسبب سوء إدارته وتبذيره، وهذه القصة من أجمل القصص التي تعبّر عن حب الفلاح لأرضه([2]).

وهكذا فإنّ الفلاح -كما رأينا في هذه القصص- شبه مهمل، ومظلوم، من قبل حكوماته، وهو ينظر إلى أجهزتها ومرافقها نظرة حذر وخوف.... وأحياناً نظرة رفض.... لكننا بعكس ذلك نرى العلاقة ايجابية ما بين الفلاحين أنفسهم، وما بين الفلاح وأرضه.

2- القصة التاريخية القصيرة:

لا نجد سوى عشر قصص في هذه المرحلة، وهي على الترتيب:

قصة أمير مملوكي عادل تتآمر عليه بعض الفئات المتنفذة([3])... وقصة تحكي ذكريات جندي مملوكي، وتصف طرفا من الحرب ضد التتار وطرفا من طبيعة الحياة داخل المدينة([4])... وقصتان عاطفيتان تتناولان المرأة وطبيعتها

(1) الطيّب صالح (دومة ود حامد) هـ/جـ1969/8/ص7.

(2) الطيّب صالح (حفنة تمر) هـ/جـ1969/10/ص106.

(3) جمال الغيطاني (دمعة الشاكي) هـ/جـ1969/6/ص59.

(4) جمال الغيطاني (كلمات عاشق) هـ/جـ1969/8/ص50.

النفسية دون الانتماء لعصرـ معين(¹) (²)... وقصتان تصفان ألوانـا مـن المقاومة الشعبية المصرية ضد الفرنسيين(³) (⁴)... وقصة تشير إلى اختراع البندقية وعرضها على قانصوه الغوري واستهانته بقيمتها ورفضه لها(⁵)... وقصة تصف انتصارات تحـتمس الفرعـوني(⁶)... وقصة عن حياة "سلمان الفارسي(⁷)... والقصة الاخيرة عن تبرع أحد الأكراد بمـال كثير لقائـد الجيش الإسلامي في العراق أبان خلافة عمر(⁸).

وأهم ما يستوقفنا في هـذه القصص، قصص جمـال الغيطانـي وصالح مـرسي، ففـي قصتي "دمعة الشاكي" و "كلمات عاشق" ادراك عميق للعلاقة الوثيقة بين الحاضر والماضي، ففي القصة الأولى نرى تحالف علماء الدين، وكبار التجـار، وكبار المسـؤولين للإطاحـة بأحـد الأمراء العادلين الذي أخذ يشكّل خطراً على مصالحهم بسبب عدله والتفاف الناس حوله.

والقصة الثانية إدانة لحياة المدينة اللاهيـة والعدو عـلى مقربة منهـا. واهـم مـا في هاتين القصتين أنهما تصفان زمناً تاريخياً سابقاً تنطبق أحداثه في رموزها على الواقع الحاضر أيضاً، وتدعو إلى تغييره.

---

(1) محمد عبد الحليم عبد الله (حصاد ليلة) هـ/جـ8/1969/ص18.

(2) محمد عبد الحليم عبد الله (فراش الأوهام) هـ/جـ8/1970/ص14.

(3) صالح مرسي (ثورة العميان) هـ/جـ6/1970/ص77.

(4) صالح مرسي (الرجل والكلاب) هـ/جـ7/1970/ص34.

(5) كمال النجمي (السلطان والسلاح الجديد) هـ/جـ7/1970/ص112.

(6) قاسم مسعد عليوه (أنشودة مجدو) ز/جـ12/1973/ص10.

(7) حسين عيد (صدقت الأولى والثانية) هـ/جـ8/1978/ص151.

(8) محمد أبو الخير (حلم السنابل) هـ/جـ11/1979/ص76.

أمّا قصتا صالح مرسي، فترجع أهميتهما إلى اهتمامهما بدور المقاومة الشعبيّة، ودور الشعب وإيثار القائد في أتباعه عندما يكون مخلصاً، كما أنهما تكشفان الستار عن ملاحم بطولية جرت أيام الفرنسيين في مصر.

3- القصة الوطنية القصيرة:

يبلغ عدد هذه القصص نحو ثمان وأربعين قصة، تتركز في السنوات 73، 74، 75 حيث نجد تسعاً وعشرين قصة في هذه السنوات، بينما لا نجد سوى ثلاث قصص طوال السنوات الأربع الأخيرة.

ونستطيع أن نقسم هذه القصص إلى اربع مجموعات، الأولى تركز على تضحيات المقاتلين العسكريين في ميادين القتال، والثانية تصف تضحيات المقاتلين وهمومهم ومشاكلهم خارج ميدان القتال في الحياة المدنية، والثالثة تشير إلى مشاركة المدنيين في القتال، والمجموعة الأخيرة تصف وحشية الصهاينة وجبنهم ونذالتهم.

في المجموعة الأولى نرى الجنود وهم يقتلون العدو في كمين([1])، أو يهدمون برجاً([2])، أو يلغمون أسلاكا([3])، او يخوضون عملية ناجحة([4])، وثمة قصص تصور قوة دافع الانتقام الشخصي إلى جانب الدافع الوطني، فثمة

---

(1) شوقي وافي (الكمين) ز/جـ1974/10/ص12.

(2) أحمد المحمدي (تنويعات على زمن البكارة) ز/جـ1974/8/ص41.

(3) ماجد يوسف (عاشق الأميرة) ز/جـ1975/10/ص30.

(4) فؤاد حجازي (المصريون قادمون) ز/جـ1974/11/ص26.

طبيب عسكري يتطوع مقاتلا لينتقم لصديقه[1]، أو جندي ريفي ينتقم لقريبه بقتل خمسة وعشرين صهيونيا[2].

وهذه القصص في مجموعها تركز على بطولات فرديّة، أبطالها جنود عاديون تدعمهم حركة الجماعة وتصل بهم معا إلى النصر.

وتعرّج بعض هذه القصص على أمور تقلق الجنود بشأن الحرب، مثل أزمة الثقة بينهم وبين الشعب[3]، كما تبيّن بعض هذه القصص أن الجندي العربي لم يفقد احساسه بالقيم الانسانية والجماليّة رغم ضراوة الحرب[4]، ومنها ما يظهر تغلّب الشعور الوطني على الأحقاد الشخصية كقضايا الثار بين سكان الصعيد[5]، ونلاحظ في هذه القصص أن الجندي غالباً ما يرتبط بذكريات عاطفية تجول في ذهنه وهو يحارب[6].

أمّا المجموعة الثانية من هذه القصص فهي تتناول هموم الجنود ومشاكلهم خارج النطاق العسكري، فثمة قصص تصور قلق الجنود على وظائفهم في المدينة وقلقهم على أحوال أهاليهم.... فنرى جندياً يراسل شركته التي فصلته... لكنه لا يلقى منها سوى الاهمال[7]، وقصة تصوّر

(1) محمد البدوي (المفتاح) هـ/جـ1/1973/ص127.

(2) عاطف سعودي (25مكرر) هـ/جـ3/1974/ص122.

(3) أبو المعاطي أبو النجا (السائل والمسؤول) هـ/جـ8/1969/ص32.

(4) إبراهيم عبد الدايم (أفراح تشرين) ز/جـ4/1975/ص52.

(5) قاسم مسعد عليوه (ممنوع قطف الزهور) ز/جـ9/1973/ص34.
ماجد يوسف (الثأر) ز/جـ2/1975/ص12.

(6) قاسم مسعد عليوه (الدون جوان) ز/جـ8/1974/ص44.

(7) جمال الغيطاني (شكاوي الجندي الفصيح) هـ/جـ8/1971/ص108.

جنديا في إجازته يسرع متلهفا لشراء دواء لأمه المريضة فتدهسه سيارة، فيكتب في سجله العسكري أنه هرب من الخدمة([1])، وقصة أخرى تصور تذمّر جندي من أوضاع حيّه السيئة، واهمالها من قبل المسؤولين الذين لا يعتنون بغير الأحياء الراقية... فيتخيّلهم هذا الجندي أعداء تماما كاليهود الذين حاربهم([2])، وأخيراً قصة تصوّر ضابطا يعود إلى الريف ليبدأ بناء حياة جديدة هناك بعد اعطائه تعويضاً اثر اصابته([3]).

وفي المجموعة الثالثة تبدو مشاركة المدنيين... والد يضّحي بتقديم أبنائه فداء للوطن([4])... ووالد ريفي يصبر على استشهاد ابنه([5]).... وأم ريفية تصبر بثبات وإيمان عند استشهاد ولدها([6])... وموظف مدني تلوح له الفرصة لينتقم لزوجه التي قتلها اليهود فيفعل([7])... وعجوز ترفض ترك مناطق القتال الخطرة لتبقى مع أبنائها الجنود وتخدمهم([8])... وتخدمهم([8])... وطبّاخ مدني عجوز يساهم أيضاً في العمل العسكري بنجاح وتفوق([9])... كما نرى مجموعة من المدنيين

---

(1) حامد مريود (المذنب) ز/جـ1973/10/ص42.

(2) عبد الشافي محمد (الظلال) ز/جـ1974/8/ص34.

(3) أحمد احمد ماضي (العودة) ز/جـ1975/11/ص14.

(4) نجيبة العسّال (ابنة طيبة) هـ/جـ1973/12/ص142.

(5) عاطف مسعودي (قلب المؤمن)ز/جـ1974/10/ص35.

(6) زهير بيومي (الغربان والكتاكيت) ز/جـ1974/5/ص40.

(7) غبريال وهبه (البقعة السوداء) هـ/جـ1974/7/ص140.

(8) بهاء السيد (اكتوبر غادة هنادي) ز/جـ1975/10/ص4.

(9) عبد العزيز الجندي (عم توفيق والعصا) ز/جـ1975/5/ص36.

تقاسي من ضراوة وشدة القتال قرب أماكن الالتحام[1]... ونقرأ قصة تنقد المشاركة الاعلامية التهريجية في القتال[2].

أخيراً... وفي المجموعة الرابعة نقرأ قصصا تصف قتل الأعداء الأطفال[3].... وتدميرهم وتدميرهم المدن[4]... ووحشيتهم تجاه الأسرى[5]... وغرورهم وكذبهم في بياناتهم[6].

ويؤخذ على قصص الهلال الوطنية أنها لم تربط ما بين قضية فلسطين وحرب الجبهة المصرية، ولم تشر حتى بإشارة واحدة إلى فلسطين إلاّ في قصة واحدة عام 1976 كتبها قاصّ فلسطيني وصوّرت معاناة عائلة فلسطينية ايام النكبة، ولمحت إلى مسؤولية الجيوش والأنظمة العربية، وبيّنت أنه حتى الكلاب كانت تقاوم المحتل[7]، ونلاحظ أيضاً تناقص القصص الوطنية تدريجيا ثم توقفها في سنوات الانفتاح والتقارب مع اسرائيل.

كلك نجد أن حرب الاستنزاف أيام جمال عبد الناصر، واقتحام القناة أيام السادات، قد نالتا اهتمام هذه القصص.

(1) محمود البدوي (طلقة في الظلام) هـ/جـ9/1972/ص167.

(2) محمد الخضري عبد الحميد (المعطف) ز/جـ3/1976/ص38.

(3) لوسي يعقوب (حفنة من رمال سيناء) هـ/جـ10/1977/ص141.

(4) عزمي لبيب (الحب داخل المدينة) هـ/جـ11/1975/ص128.

(5) فؤاد حجازي (القطار الجنائزي) ز/جـ9/1973/ص50.

(6) غبريال وهبه (الجنرال) هـ/جـ2/1975/ص126.

(7) توفيق فياض (الكلب سمّور) هـ/جـ10/1976/ص310.

4-القصة السياسية القصيرة:

لا تزيد هذه القصص عن اثنتي عشرة قصة، وهذه القصص اجتماعية أصلاً لكن الاهتمام بالنقد الذي يغلب عليه الطابع السياسي يشكل أهم محور من محاورها، وقد اعتبرت هذه القصص معنية بالنقد السياسي بناء على مضامين هذه القصص نفسها، وبناء على تأكيد رئيس تحرير الهلال بشأن أربع قصص لنجيب محفوظ([1])، وبناء على اعتراف عدد من هؤلاء الكتّاب في تحقيق صحفي أجرته معهم مجلة "الفيصل" واعترفوا فيه بأنهم اتجهوا إلى النقد السياسي ولجأوا إلى أسلوب الرمز والتداعي لإخفاء مقاصدهم([2]).

ونجد سبع قصص سياسية تتناول الوضع السياسي في عهد جمال عبد الناصر، وخمس قصص في عهد السادات.

وقد ركّزت القصص التي نشرت في عهد جمال على انعدام المشاركة الجماهيرية مع السلطة الحاكمة في الحكم، وعلى إدارة هذه الجماهير وتسييرها بقوانين فوقية دون أن يحدث تفاعل إيجابي بين الشعب والسلطة([3])، كذلك تناولت اشتراك السلطة الحاكمة مع مراكز القوى من التجار وعلماء الدين في نهب الشعب([4])، ونقدت سلبية المواطن المصري تجاه الأحداث السياسية والاجتماعية في بلده، وخارج بلده([5])، ووصفت بعض القطاعات الشعبية

(1) رجاء النقاش (هل كان عبد الناصر عدواً للمثقفين) هـ/جـ1/1977/ص187.

(2) مجلة الفيصل عدد "53" / 1981/ص59-63.

(3) أحمد هاشم الشريف (السهم) هـ/جـ8/1969/ص73.

(4) نجيب محفوظ (روح طبيب القلوب) هـ/جـ2/1970/ص78.

(5) نجيب محفوظ (فنجان شاي) هـ/جـ4/1970/ص1.

التي تعيش على هامش الأحداث السياسية في بلدها وكيف تتخذ موقفا في النهاية تجاه هذه الأحداث، مع الإشارة إلى الصراع بين السلطة والمثقفين[1]، ثم نجد نقداً لأسلوب الحكم البوليسي[2]، ونقدا للقسوة البالغة التي تنتهجها الشرعية في تعاملها مع المناوئين[3]، ونقدا للعلاقة بين السلطة والشعب، تلك العلاقة التي يشوبها الخوف، والشك، واجبار المواطن على الإيمان الأعمى بوجهة النظر الحكومية[4].

أما القصص الخمس التي نشرت في عهد السادات فقد نقدت -على قلتها- السلطة الحاكمة، وابتداء بالمخبر الصغير وانتهاء بالحاكم الكبير. وقد تناولت هذه القصص بالترتيب ما يلي: أولاً المخبر الصغير... وبينت كيف ينتهي هذا المخبر إلى إنسان فاشل يحتقره أهل حيّه[5]... ثم نقرأ قصة تنقد الثورة وفشلها في تحقيق أهدافها[6]... وقصة تنقد ترفُّع الوزراء وبعدهم عن الشعب[7]... ثم نقرأ نقدا وتهكما على تعيين الوزراء من العسكريين[8]... ونقدا ونقدا للعلاقة بين الحاكم والشعب، تلك العلاقة التي تقوم على الاستغلال،

---

(1) نجيب محفوظ (العالم الآخر) هـ/جـ5/1970/ص14.

(2) نجيب محفوظ (موقف وداع) هـ/جـ3/1970/ص70.

(3) نجيب محفوظ (شهر العسل) هـ/جـ6/1970/ص99.

(4) مجيد طوبيا (الوباء الرمدي) هـ/جـ8/1970/ص110.

(5) محمد كمال محمد (حكايات طاووس العصر) ز/جـ12/1973/ص16.

(6) طه حوّاس (الرحلة) ز/جـ9/1974/ص33.

(7) أحمد بوران (كيف أقابله) ز/جـ12/1974/ص10.

(8) زهير بيومي (مباراة شطرنج) ز/جـ12/1974/ص52.

والاحتقار، والتشفي، واللامبالاة([1]).... ونقدا للاتجاهات السياسية نحو اتفاقيات "كامب ديفيد" ووصفا للذل الذي أصاب مصر بعد هذه الاتفاقيات، وبعد عهد الانفتاح([2]).

ومن الجدير بالذكر أن هذه القصص قد استعانت بالشكل الفني بما فيه من رمز... وتداع... وايحاء... وغموض لتخفي أهدافها الحقيقية، وان كان بعضها صريحاً.

5- القصة العلمية القصيرة:

وهي ست قصص، تحدثت بالترتيب عن: جريمة قتل تحدث على الأرض- في حي من أحياء القاهرة - فتكتشفها مخلوقات تراقب الأرض من كواكب بعيدة، فتقوم بارشاد المسؤولين إلى الجاني([3])... وقصة تقرير علمي يتبادله بعض العلماء من كواكب متقدمة علميا، علميا، ويصف هذا التقرير سكان الأرض وصفا ينعتهم بالجهل والغرور([4])... ثم قصة عن مخلوقات تحاول السيطرة على الأرض لكن طبيبا عربياً ومساعده، يقضيان عليها([5])... وقصة تتحدث عن اختراع عالم عربي لآلة تجعل الاستماع إلى لغة النبات والاحساس

---

(1) عبد الوهاب الأسواني (الدراويش) ز/جـ1975/6/ص22.

(2) أحمد الشيخ (قصة الليل في كفر عسكر) هـ/جـ1978/11/ص140.

(3) نهاد شريف (عين السماء) ز/جـ1973/7/ص35.

(4) نهاد شريف (تقرير عاجل) هـ/جـ1974/4/ص142.

(5) رؤوف وصفي (عالم آخر) ز/جـ1974/10/ص52.

بمشاعره ممكنة([1])... والقصتان الأخيرتان عن انتصار الحب وبقائه رغم التقدم العلمي الذي يؤمن بالعقل قبل العاطفة([2]).

نلاحظ أن الكتّاب قد افترضوا إمكانية التعاون العلمي.... كما استفادوا من منجزات العلم في وصف الأرض، والكواكب البعيدة، والمعدّات العلمية، ثم أحسّوا بما يمكن أن يسببه التقدم العلمي من تأثيرات سلبية في قيمة العواطف. ولم يشعر الكتّاب بعقدة النقص إذ كان أبطال هذه القصص عرباً.

لكن هذه القصص قفزت مرة واحدة فوق جميع المشاكل، والخلافات، ومظاهر التأخر، التي يعيشها وطننا العربي،... وبقي سؤال هام لم تجب عليه هذه القصص أو تحاول... وهو... كيف وصلنا إلى المستويات العلمية الراقية -كما جاءت في القصص- ونحن متأخرون علميا، ومتأخرون في أشياء أخرى كثيرة.

---

(1) رؤوف وصفي (يتألمون في صمت) ز/جـ1975/5/ص48.

(2) عماد الدين عيسى (مازال القلب في يسار الصدر) ز/جـ1976/3/ص30.

رؤوف وصفي (حب في القرن 21) ز/جـ1976/9/ص34.

القصص المنقولة "المترجمة" (1969-1980)

يبلغ عدد هذه القصص خمسا وأربعين قصة، وهي -على قلتها- جمعت بين أقدم وأحدث ما كتب في هذا الفن، وهي ايضاً ذات اتجاهات متنوعة يمكن حصرها في الترتيب التالي:

1- قصص اجتماعية ذات اتجاهات اصلاحية:

من هذه القصص: قصص افريقية تمثل بؤس الأطفال[1]، أو شقاء الفلاح[2] أو فساد الدوائر الحكومية واعتمادها على الواسطة والرشوة[3]... ثم قصص أوربية تنقد النظرة المادية إلى الانسان[4]... وتسخر بالحضارة الأوربية التي تغفل قيمة الانسان الحقيقية ولا تهتم إلاّ بتحويل مواهبه إلى استثمارات مربحة[5]... ثم نجد قصصا متنوعة من بلاد أخرى منها: قصة تصوّر اضطهاد المرأة في الصين قبل الثورة[6]... وقصة عن تربية الأطفال وتأثير القدوة في سلوكهم[7].

(1) فيوليت لوليوندا (كيفا كازانا) هـ/جـ11/1978/ص106.

(2) جوزيف داريجور (نامت عن حقلها) ز/جـ11/1975/ص20.

(3) رافاييل نوانكو (الفيضان) هـ/جـ8/1969/ص62.

(4) هـ. آي. بيتس (الطائر المغرد) ز/جـ9/1974/ص26.

(5) إيزال أسيموف (الشعور بالقوة) ز/جـ12/1975/ص18.

(6) جاوشيه (المأجورة) هـ/جـ6/1974/ص132.

(7) آرند جوخالي (جنكيز خان والشبح) هـ/جـ2/1980/ص122.

2- قصص اجتماعية عاطفية:

ثلاث من هذه القصص ينتهي فيها الحب بالقتل أو الطلاق[1]، وتصف هذه القصص الأثر العنيف الذي يمكن أن تحدثه هذه العاطفة في بعض النفوس.

وبقية القصص العاطفية هنا تتناول أنماطا غريبة وشاذة من الحب، سواء في طبيعة هذا الحب أو في أبطاله، فثمة حب يجمع بين قبيحين[2]، أو حب شاذ[3]، أو حب غامض يختلط فيه الحب بالحقد[4]، وهذه القصص لا تشير إلى نهايات ناجحة، أو فاشلة، بل تهتم فقط بعرض هذه الصور، وتحليل هذه النفسيات.

3- قصص ذات اتجاهات انسانية عامة:

من هذه القصص ما يصف بؤس الانسان أثناء الانقلابات الثورية الكبرى[5]... ومنها ما يصف هوان قيمة الإنسان عند بعض النظم الرأسمالية البوليسية[6]... ومنها ما يصف أنانية الإنسان[7].... أو جشعه[8]... أو بعض الأنماط الغريبة من سلوكه[9].

(1) موباسان (أفعل ما تشاء واغفر لي) هـ/جـ7/1976/ص134.

(2) البرتومورافيا (عندما تحب المرأة) هـ/جـ9/1978/ص76.

(3) نيل جوردان (بعد السينما) هـ/جـ1/1977/ص121.

(4) كوستاس جاوربولوس (حلم حب) هـ/جـ2/1978/ص138.

(5) جورج أولسنهام (الطريق الطويل) ز/جـ11/1973/ص11.

(6) هنريش بول (وجهي الكئيب) ز/جـ1/1973/ص10.

(7) موباسان (أسرة) هـ/جـ4/1975/ص136.

(8) موباسان (البرميل الصغير) هـ/جـ3/1976/ص134.

(9) هيلين كورث (حكاية جوكانو) ز/جـ7/1976/ص22.

4- قصص بوليسية:

وهي تركّز على الجرائم، من قتل... أو سرقة... او تزوير، وهـي كلها لكاتب واحد هو: هيتشكوك. وهذه القصص تصف قضية الصراع بين الخير والشر في أسـلوب قصصي- يهـتم بالحدث دون تعمق في داخل النفس الانسانية[1].

وأهم كتّاب هذه القصص: موباسـان، وبـول بورجيه، والبرتورافيا، وبرترانـد راسـل، وبيرانديللو، و "د.هـ لورانس" وستيفان زفايج.

---

(1) هيتشكوك (درس في الجريمة) هـ/1977/ص112.

الفصل الثالث

القصة القصيرة في مجلة "الهلال"

الفصل الثالث
القصة القصيرة في مجلة "الهلال"
معمارها الفني، نماذج مختارة للدراسة والتحليل

المرحلة الأولى:- 1892-1969
القصة القصيرة الموضوعة... خصائصها الفنية... كتابها... نقد وتقييم
(1892-1969)

تمهيد:

كانت "الهلال" سابقة على القصة الموضوعة في مولدها، فقد ظهرت "الهلال" سنة
1892 بينما تأخر ظهور القصة القصيرة إلى ما بعد سنة 1910. وعلى هذا فقد شهدت
"الهلال" جزءا من مراحل تطوّر القصة القصيرة، فظهرت على صفحاتها أول ما يمكن أن نسمّيه
"قصة" بشيء كثير من التجوّز سنة 1914([1]). وتوالت القصص بعد ذلك في الظهور وهي
تتطوّر وتتخلّص من العيوب والأخطاء تدريجيا حتى سنة 1926 حيث البداية الحقيقية
للقصة القصيرة في "الهلال" بظهور قصتي محمد حسين هيكل (حكم الهوى)([2]) و(الشيخ
حسن)([3]) وبعد هذا التاريخ بدأ محمود تيمور وغيره في كتابة القصة القصيرة بشكلها الفني
التقليدي المعروف على صفحات "الهلال".

---

(1) توفيق مفرّج (لماذا تركت زوجي) هـ/جـ9/1914/ص653.

(2) محمد حسين هيكل (حكم الهوى) هـ/جـ5/1926/ص465.

(3) محمد حسين هيكل (الشيخ حسن) هـ/جـ7/1962/ص680.

ولا بدّ من التوقّف مليّا عند هذه الفترة (1914-1926) التي تزيد عن عشر سنوات لنرى كيف كانت البداية في "الهلال".

كانت أول قصة (لماذا تركت زوجي) سنة 1914 لتوفيق مفرّج، وهي تحكي قصة امرأة يهملها زوجها منصرفا إلى لعب القمار واللهو، وتعجز عن اصلاحه فتسافر إلى أمريكا لتبدأ حياة جديدة، وهناك يلاقيها المؤلف مصادفة في نيويورك حيث تسرد عليه قصتها وهي تقف معه في الشارع... ويسردها علينا هو بدوره أيضاً. وكما نلاحظ فالقصة تخضع لغرض اجتماعي اصلاحي، وتتميّز بعطف قوي على المرأة، وانبهار بأمريكا، وقد اختار الكاتب أبطاله من الطبقة الارستوقراطية الغنية، وتحفل القصة بكثير من العيوب والفنية... شخصيات ثابتة غير نامية... مصادفات غير معقولة... أقوال وحكم لأرسطو والامام علي... وأسلوب انشائي مطّاط... ووعظ مباشر.. وتدخّل واضح من المؤلف.. ورومانسية فجّة تتمثّل في بكاء الكاتب وهو واقف مع البطلة متأثراً بقصتها.. ثمّ حلّ غريب هو الهجرة إلى أمريكا وكأن الأمر مجرّد انتقال من حارة إلى حارة.

تبع هذه القصة عدد من القصص لا تزيد عن عشر قصص، وهي لجبران خليل جبران، ومي زيادة، وسلامه موسى، وعبد الفتاح عباده. ويبدو أن محرّر الهلال كان يحسّ بما يشوب هذه القصص من ثغرات في أسلوبها، فكانت هذه القصص تخضع لعناوين جانبية تشير إليها على أنها قصة، أو مقالة، او رواية تمثيلية، أو حكاية طليّة.

وقد تأرجحت هذه القصص في أسلوبها بين الصورة القصصية والمقالة القصصية.

وظهرت ملامح الرومانسية بوضوح عند جبران... إعجاب قوي بالطبيعة، وهروب إليها... عطف على الطيور([1]).. تأملات فلسفية.. احلام مثالية بالخير والحب والجمال([2])... كل ذلك في صورة قصصية دون عقدة أوحبكة أو حوادث.

وعند ميّ زيادة نجد قصصا أقرب إلى الصورة القصصية أيضاً، وتتصف قصصها بحرارة العاطفة، والذاتية المفرطة، والروح الشاعرية المرهفة، والأسلوب البياني المشرق، وقد تناولت ميّ شخصيات أرستوقراطية غالباً منطلقة من برج عاجيّ([3]) في محاولات اصلاحية اجتماعية عن طريق القصة.

ولدى سلامه موسى نقرأ قصصاً هي أقرب إلى المقال القصصي- تدور حول سرقة واستغلال المسؤولين للفلاح، وهذه القصة تمتاز بتحليل رائع لوضع الفلاح بصراحة وصدق لا نجد مثيلهما حتى أوائل السبعينيات([4]).

وأخيرا نقرأ لعبد الفتاح عباده ثلاث قصص تاريخية جرت أحداثها في العهد الأموي، وهذه القصص ذات مواضيع عاطفية، وأحداثها مجزّأة تحت

---

(1) جبران خليل جبران (العاصفة) هـ/جـ1/1917/ص51.

(2) جبران خليل جبران (الضائع) هـ/جـ8/1921/ص745.

(3) مي زيادة (على الصدر الشفيق) هـ/جـ1/1923/ص67.

مي زيادة (العم أبو الحسن يستقبل) هـ/جـ1/1924/ص73.

(4) سلامه موسى (كيف صار المالك أجيراً) هـ/جـ7/1926/ص689.

عناوين فرعية، وهي مكتوبة بأسلوب سردي يحافظ على نفس الأسلوب الذي كتبت به في كتب التراث مع تغيير بسيط في الربط والعرض([1]).

وفي سنة 1926 نقف عند قصتي محمد حسين هيكل (حكم الهوى)([2]) و(الشيخ حسن)([3]) اللتين احتفى بهما محرر الهلال لاكتمالهما فنيّا، وانطلاقهما من البيئة المحلية المصرية. والقصة تتناول مشكلة باشا ريفي احبّ ابنة الجيران منذ الصغر لكنها زوّجت لغيره، فظلّ هذا الباشا يسعى وراءها حتى تزوجها أخيراً بعد أن تمّ طلاقها، والقصة ذات مقدمة وعقدة ونهاية، وتتّصف بالإثارة والتشويق، ووصف البيئة المحلية وشيء من عاداتها... لكن يعيبها أنها تبدو مضغوطة في أحداثها وكأنها قصة طويلة مضغوطة داخل قصة قصيرة، ومن عناصر الضعف فيها أنها تدور حول شخصية غنية مقتدرة دون أن تمس شيئاً من مشاكل الفلاحين الحقيقية كالجهل والمرض والفقر.

أما القصة الثانية، فهي تتناول مسألة الانتقام للشرف في الريف، حيث يقوم بطل القصة "الشيخ حسن" بقتل ابنته الوحيدة بعد أن شّك بها... وينتهي به الأمر إلى الجنون... وتمتاز القصة بتحليل نفسي شائق لفت انتباه محرّر "الهلال"، وهي أفضل من سابقتها فنيّا.

بعد هاتين القصتين توالت قصص محمود تيمور وغيره في الظهور اثر استقرار نسبي على بناء القصة القصيرة المعروف مع اختلاف مستويات الكتّاب وتباين أساليبهم.

---

(1) عبد الفتاح عباده (أرينب الفاتنة الجميلة) هـ/جـ3/1925/ص263

(2) (حكم الهوى) سبقت الاشارة اليها.

(3) (الشيخ حسن) سبقت الاشارة إليها.

1- القصة الاجتماعية القصيرة:

ظلّ طابع القصة القصيرة التقليدية مسيطراً على بناء هذه القصص، فهي كلّها تعنى بالعناصر الفنية التقليدية... بداية... وعقدة.. وتشويق... ونهاية... ووضوح في المكان والزمان والشخوص.

وكان أرقى ما وصلت إليه القصة فنيّا في هذه المرحلة هو اعتناؤها بالتحليل النفسي- واستبطان النفس البشرية فقد أبعدها ذلك إلى حدّ ما عن الوقوع في اسار الحرفية، والنقل المباشر، والوصف الخارجي. وقد خضعت القصة الاجتماعية لغايات اصلاحية منذ البدء، فكان كتّاب هذه القصص يطوّعون ويكيّفون أحداث قصصهم لخدمة هذه الغايات فتكثر تبعاً لذلك الأحداث المفتعلة... والمصادفات غير المنطقية... والنهايات الدرامية، ويغلب على هذه القصص أسلوب السرد المباشر، وترسم الشخصية بطريقة تحليلية مباشرة، وقلّما تعرض الشخصية بالطريقة التمثيلية من خلال السرد والحوار، وتتميزّ هذه القصص بقلة الحوار، والاهتمام بالإثارة والمبالغة، وتقديم الموعظة بصورة مباشرة وغير مباشرة، وتشابه المشكلات التي تعرضها. ومع أن عددا قليلاً من الكتّاب لجأوا أحياناً إلى أسلوب المذكرات واليوميات والرسائل الاّ ان قصصهم ظلّت متأثرة بنفس هذه الخصائص.

ومع أن القصة اهتمت بالمشاكل الاجتماعية، وتعاطفت بقوة مع المرأة، إلاّ أنها عجزت عن تقديم الشخصية المصرية على المستوى العالمي([1]) -وهذا الحكم ينطبق على القصة القصيرة خارج الهلال أيضاً -كذلك عجزت القصة

---

(1) (القصة المصرية وصورة المجتمع الحديث) ص269.

في الهلال عن عرض المشاكل الحقيقية التي يعاني منها المواطن المصري في المدينة والريف.

وكان كل ما فعلته القصة أنها طرحت عدداً عن المشاكل الاجتماعية طرحا ساذجا عفويا، قافزة فوق كل التناقضات الاجتماعية، والفوارق الطبقية، مقدمة حلولا جزئية بدلا من أن تطرح حلولا جذرية شاملة.

ويمكن تلخيص مفهوم الكتّاب للقصة في هذه المرحلة بأنه كان مفهوما ساذجا للواقعية مطّعما بغير قليل من الاتجاهات الرومانتيكية والواقعية، أو كليهما معا([1]).

وكما في الهلال وخارج الهلال أيضاً لا نجد تطابقاً بين ما نقرأه عن أحوال مصر السياسية والاقتصادية والاجتماعية وبين ما تقدمه هذه القصص، مما يصحّ معه أن نقول أن القصة لم تكشف عن التمزّق السياسي داخل مصر، ولم تكشف الستار عن المشاكل الحقيقية للأغلبية المسحوقة من الشعب المصري([2]).

2- القصة الوطنية القصيرة:

في نفس هذه المرحلة ظهرت هذه القصص كما سبق أن ذكر، وقد تشابكت الأغراض الاجتماعية مع القضايا الوطنية في هذه القصص بصورة سطحية ساذجة ممّا أوجب دراسة القصص الاجتماعية والوطنية في حيّز واحد.

---

(1) حسني نّصار (صورة ودراسات في أدب القصة) مكتبة الانجلو المصرية، القاهرة 1977، 96.

(2) (القصة المصرية وصور المجتمع الحديث) ص93.

لقد ظلّت خصائص القصة الاجتماعية السابقة وعيوبها الفنيّة السابقة نفسها عالقة بهذه القصص أيضا، ويضاف إليها حماس عاطفي قوي، أو حزن وأسى عميقين، مع أبطال مثاليين، وبطولات فردية. ويبدو واضحا من قصص هؤلاء الكتّاب، ومن خلال الصور السطحية التي عرضوها ضعف جانب المعاناة الشخصية، وقصور الوعي الوطني لدى هؤلاء الكتّاب عن ادراك أبعاد القضايا التي تناولوها وبخاصة قضية فلسطين.

ويمكن بحذف أسماء البلاد التي تتحدّث عنها هذه القصص أن يعجز القارىء عن تعيين جنسياتها، وذلك لأنها كانت تعتمد البطولة الفردية، وتقطع الحدث عن جذوره الاقتصادية والسياسية والاجتماعية.

ونلاحظ على مجموع هذه القصص أنها مرتّ بثورة 1919 دون إشارة ولم تنتبه لها الاّ بعد سنة 1948. كذلك لم تنتبه القصة في الهلال لقضية فلسطين إلاّ بعد سنة 1948، ولم تتأثّر على الاطلاق بثورة 1952، وكان اهتمامها بحرب القنال 1956 مقتصرا على قصّتين فقط.

ومع أن القصة الوطنية شملت فلسطين وسوريا والجزائر ومصر... ومع أنها اختارت أبطالها -غالبا- من عامة الشعب... الاّ أن هذا الشمول لم يتّصف بالكثافة، وظلّ يتّسم بالتناول السطحي الساذج.

وأهم كتّاب القصة الوطنية: محمود تيمور، وبنت الشاطيء، ويوسف السباعي، وصوفي عبد الله، ومحمد فريد أبو حديد.

أما كتّاب القصة الاجتماعية: ميّ زيادة، ومحمود تيمور، ومحمود كامل المحامي، وابراهيم المازني، ومحمود طاهر لاشين، وقد توقّف المازني، ومحمود كامل المحامي، ولا شين، وميّ... في حين استمر محمود تيمور بعد الثلاثينيات

مع بنت الشاطيء، وأمينة السعيد، وصوفي عبد اللـه، وميخائيل نعيمه، ومحمد عبد الحليم عبد اللـه، وأحمد عبد القادر المازني، وإبراهيم المصري. وقد زاد مجموع ما كتبه كل واحد ممّن سبق ذكرهم عدا ميّ، وابراهيم المازني، ولا شين، والمحامي، عن خمس عشرة قصة غالباً.

وثمّة كتّاب اشتركوا في الهلال بانتاج يتراوح ما بين عشر- إلى خمس قصص منهم: حلمي مراد، وعبّاس علاّم، ويوسف السباعي، وعبد الحميد جوده السّحار وحسن جلال، وصالح جودت... إضافة إلى عدد كبير ممّن كتبوا قصة أو قصّتين. وفي الستينات ظهرت أسماء جديد كتبت بقلة في الهلال مثل: يوسف إدريس، وسهير القلماوي، وثروت أباظة، ومحمد كامل حسين.

أهم الكتّاب:

فيما يلي نبذة مكثّفة عن عدد من كتّاب الهلال، نبيّن فيها أهم الخصائص الفنيّة لقصصهم، ونقيّم انتاجهم تبعا لما نشروه في الهلال من قصص من حيث العدد والنوعيّة.

1) بنت الشاطىء (82 قصة):

تركّز بنت الشاطىء على ما تعانيه المرأة في مصر من ظلم وحرمان، مع التفات إلى حال المرأة في البلاد العربية وخارجها في عدد من القصص. وقصص بنت الشاطيء رغم عددها الكبير لا ترقى إلى مستوى القصة القصيرة الفنية، وهي في أرقى مستوياتها الفنية لا تصل إلى اكثر مما يمكن أن نسمّيه بالصورة القصصية، وما تكتبه من قصص ليس إلاّ عرضا لمشاكل

وهموم تحلّ بالمرأة في مصر تقوم هـي بتصـويرها بأسـلوب انشـائي مشرق، وعبـارة قوية، مغلفـة ذلـك كلّـه بطـابع عميـق مـن الحـزن والأسى والبكـاء. وأبطـال بنـت الشـاطيء متشـابهون... فالبطلـة في معظـم الأحيـان معلمـة... أو شـابة مسـكينة في أي وضـع كانـت... ويتصـف سـلوكها بـالتردّد والخـوف والعجـز والفشـل... والنهايـة دائمـاً مأسـاوية... والبطلـة مستسلمة لمصير تعس كئيب. وقصص بنت الشاطيء أحداث واقعية مـما كانـت تـراه حولهـا بحكم عملها في شؤون التدريس، أو ممّا كانت تسمعه من زميلاتها أو تلميذاتها.

ورغم حرارة العاطفة، وحدّة المآسي، والنهايات الكئيبة لقصص بنت الشاطيء الاّ أننا لا نشعر بالأثارة والشوق لمتابعة قصصها، وقد نقرأ مقّـدمات قصصـها فـلا نلمـس شـيئاً يميّـز قصة عن أخرى، وكما أن أبطال قصصها متشابهون في عجزهم وضعفهم فكذلك القضـايا التـي تعالجها متشابهة أيضاً، وهي تتدخل بشكل سافر بالوعظ والارشاد واللـوم، وتصرّـ عـلى صـيغ قصصها بطابع مأساوي بمبرّر ودون مبرّر، وهي صريحة في عرض المشـاكل حتـى أنهـا تتعـرض لرجال الدين الذين يستغلّون ضعف المرأة، ويكاد يكون الحوار معدوماً في قصصها.

ومع أن بنت الشاطئ، لا تملك الموهبة القصصية بما تتطلبه من خيال واسـع، وقـدرة على التحكم في عناصر القصة، الاّ أنها كانـت حكـما في مسـابقة قصصـية اجرتهـا "الهـلال"([1])، وكانـت توجّـه السـائلين أحيانـا إلى طريقـة كتابـة القصـة في بـاب "إذا سـألتني" مـن أبـواب الهلال([2])، وكانت الهلال تنشر كتاباتها

---

(1) الهلال / جـ1948/8/ص155.

(2) باب "إذا سالتني" /هـ/جـ1955/12/ص120.

باعتبارها قصصا. ويبدو أن متانة تعابيرها، واسلوبها الشاعري، وعاطفتها المتدفّقة الصادقة تجاه المرأة ومشاكلها كانت هي الأسباب التي جعلت الهلال وقرّاءها يتقبّلونها كاتبة للقصة([1]).

2) محمود تيمور (51 قصة):

نلاحظ في قصصه الأولى ولعه، بتناول الشخصيات الشاذة وتحليلها. ويمتاز في قصصه باتقان التناسب بين الوحدات الثلاث والبراءة من المقدمات والتعليقات الذاتية، وهو يتصف بجمال التصوير ونصاعة اللغة ومتانتها، ويكاد بجمال تصويره وغرابة شخصياته ونصاعة أسلوبه يخفي غياب العقدة في قصصه([2]) ، ويتصف كذلك بقلة الحوار والبعد عن السرد المباشر.

وقد تطوّر محمود تيمور فيما كتبه في الهلال، فظهرت بعض قصصه التي اتّبع فيها أسلوب الرسائل، أو اعتمد على الأسطورة، أو توخّى المواضيع ذات الشمول والعمق الإنساني، لكن محاولاته -كما بدت في الهلال- كانت قليلة وغير ناجحة. ويسجّل له تنوّع المشاكل الاجتماعية التي تطرّق إليها ، ومع أن تيمور هو أفضل من كتب القصة القصيرة في الهلال إذا أخذنا بالاعتبار الكثرة العددية والأسلوب ألاّ أنه لم يكن ذا نظرة جذرية أصيلة فيرى أنّ تشوّه المجتمع كان بسبب التناقضات الاجتماعية والطبقية، وتبعاً لذلك كانت الحلول التي يقدّمها جزئية([3]).

---

(1) الهلال / جـ1952/7/ص59.

(2) عبد الحميد يونس (فن القصة القصيرة في أدبنا الحديث) دار المعرفة، القاهرة، 1973، ط1/ص56.

(3) (القصة القصيرة وصورة المجتمع الحديث) ص237.

3) صوفي عبد الله (39 قصة):

تمتاز في قصصها بتركيز متناسق على عناصر القصة من بداية شائقة، وعقدة مناسبة، ونهاية مثيرة[1]. كما أنها تنوّع في انتاجها فتتناول المرأة في أدوار مختلفة ... والموظف... والفنان ... ألخ. ولدى هذه الكاتبة غرام قوي بالمفاجآت والمصادفات الخفيفة وقد أوقعها ذلك في نفس الأخطاء العامة من تكلّف، وافتعال في الحوادث، وتكييف للوقائع لخدمة أغراض القصة الاجتماعية.

4) ميخائيل نعيمه (19 قصة):

هو الكاتب الوحيد -من خارج مصر - الذي أسهم إسهاما ملحوظا في حركة الهلال القصصية. وهو يتّسم ببساطة التعبير، والبعد عن التكلّف، والاهتمام بالفكرة[2]، والتشويق والإثارة والتعرّض لأفكار هامة كمبدأ الحرية والديموقراطية وموقف الحكومات منه. ويتّصف كذلك بتنوّع أبطاله واحداث قصصه. كما أن لديه ولعاً حيثما أمكنه بغمر أشخاص قصصه وأحداثها بفيض من المبالغات والصفات الغريبة. وتبدو في كتابته أثر ثقافته الواسعة.

(1) (الفن القصصي في الأدب العربي الحديث) ص231.
(2) سهيل أدريس (القصة في لبنان)، معهد الدراسات العربية العالية، 1957، 39.

5) أحمد عبد القادر المازني (19 قصة):

هذا الكاتب أسوأ من كتب في الهلال اسلوبا، وتصلح قصصه نماذج يتدرب الطلاب على استخراج الأخطاء منها. وقصص هذا الكاتب تعالج مشاكل اجتماعية سطحية مبتذلة لا جديد فيها، وظاهرة الوعظ بارزة في قصصه بصورة فجّة، ولديه شعور قوي بذاته وأهمية دوره كمصلح اجتماعي من خلال القصة، وشخصيّاته ثابته، وحوادث قصصه مفتعلة تشوبها مصادفات غير معقولة تهدف أولاً وأخيراً إلى نصيحة، أو موعظة، أو درس تهون في سبيله القيم الفنية للقصة.

ويتّصف هذا الكاتب بنظرة سطحية ساذجة للحياة، وغفلة عن طبيعتها وتعقدّ ظروفها.

ومن المهمّ أن نبيّن أن هنالك عددا من الكتّاب يشاركون هذا الكاتب عيوبه بدرجة أقل مثل: حلمي مراد، ويوسف السباعي، وصالح جودت، وعبد الحميد حوده السّحار، وعباس علاّم، وعدد كبير ممّن طرقوا أبواب الهلال مرة أو مرّتين.

ويتشابه أحمد عبد القادر المازني، ويوسف السباعي، وعباس علاّم في أسلوبهم الانشائي المحشو بالتشبيهات وصيغ التعّجب، والاستفهام، والتحسّر... ويتشابهون أيضاً في طريقة قفزهم فوق النتائج دون تبرير منطقي... ويشاركهم عدد كبير ممّن اقتصر انتاج كل منهم على قصة، أو قصتين في نفس العيوب السابقة.

6) ابراهيم المصري (16 قصة):

أهم ما يميّز هذا الكاتب هـو ميلـه إلى تحليـل الشخصيـات، ومـع اتقـان في تصـوير وتحليل نفسية المـرأة([1]) حتـى في مقالاتـه الاجتماعيـة في الهـلال. وقصصـه تتّصـف بالتناسـق الفنيّ بين أجزائها، وتجذب القارئ بما يتوفّر فيها من عناصر التشويق. لكنّه كغيره مـن كتّـاب هذه المرحلة يقع في أخطاء منها: المبالغة في وصف الشخصية غريبة الأطوار... والمصـادفات... والحوادث المفتعلة... وهو أيضاً لا يملك نظرة جذرية واقعية لمشاكل المجتمع، بل أنّه لا يكـاد يقترب الاّ من المشاكل العاطفية معتمداً على أسلوبه في التحليل والبراعة في الاثارة والتشـويق دون عمق في التناول.

7) محمد عبد الحليم عبد اللـه (12 قصة):

يهتم في قصصه بتصوير المكان والجـوّ اهتمامـا خاصّـا، ويبنـي قصصـه عـلى مواقـف انسانية تافهة لا تترك تأثيراً في النفس([2])، ويصف شخصياته وصفاً غير مباشر، ويمكن أن نقـول أنّه فيما تناوله في قصصه الاجتماعية أشبه بطبيب يحوم حول الجـرح دون أن يلمسـه. ولـدى الكاتب أسلوب انشائي جميل لم يوفّق في استغلاله كما يجب.

نتوقّف بعـد هـذا عنـد محمـود طـاهر لا شـين، وسـلامه مـوسى، ويوسـف ادريـس، ومحمد كامل حسين. ولا يزيد ما قدّمه هؤلاء في هذه المرحلة عن عشر قصص، لكنّ قصصـهم تميّزت بأداء خاص، فبالنسبة للاشين تتّصف

---

(1) (الفن القصصي في الأدب العربي الحديث) ص223.

(2) فؤاد دوّاره (في القصة القصيرة) مركز كتب الشرق الأوسط، القاهرة، 1966، ص128.

قصصه بالنضج الفنّي، شخصيات متطوّرة نامية... تحليل هادئ للشخصية والأحداث... عمق في تحليل العلاقات الاجتماعية... إدراك لخطورة الوضع الاجتماعي والفروق الطبقية... وتمكّن من الخروج من أسر الفهم الرومانسي لطبيعة الحياة... ولكن يوخذ عليه اختياره النهايات المأساوية لأبطال قصصه.

ولسلامه موسى قصة عن الفلاح المصري تتّصف بوعي عميق لمشاكل هذا الفلاّح، لكن هذه القصة أقرب إلى المقال القصصي، ولا نجد طوال هذه الفترة سوى قصة أو قصّتين تناولت مشاكل الفّلاح بهذا العمق والوعي.

وليوسف إدريس قصّتان في مرحلة متأخرة في أواخر الستينيات تتّصفان بالتكثيف للمشاعر والإنفعالات من خلال الحركة والكلمة، ثم بوحدة الموقف والموضوع وبالاحساس العميق، والفهم الكامل لطبيعة قانون التعقّد والتركيب في الحياة، مع لهجة فصيحة سهلة تقترب من لغة الحديث اليومي([1]).

وعند محمد حسين كامل وقصصه الأربع في أواسط الستينيات نحسّ أنّنا إزاء قصص طويلة ضغطت في قصص قصيرة'. بمهارة وحذق بالغين، والكاتب يهتم اهتماما قويا بالفكرة، وهو يتناول قضية مركزية تتفرّع عنها عدة قضايا، ولا يقف الكاتب موقفا خاصا تجاه ما يعرض من قضايا بل يكتفي بالعرض الشائق المثير، ويبدو واضحا أثر ثقافته الواسعة، وقد تناول في قصصه الصراع بين الرأسمالية والاشتراكية([2])، ثمّ موقف المجتمع من

(1) يوسف أدريس (قصة مصرية جدا) هـ/جـ12/1967/ص232.

(2) محمد كامل حسين (أي الطريقين أهدى) هـ/جـ4/1962/ص67.

الجريمة([1])، ثم طبيعة الظروف والناس الذين تصدّوا لمقاومة النازيّة في فرنسا([2])، ثـمّ تطوّر الأسرة المصرية المتوسطة منذ عهد الملكية حتى الستينيات([3]).

3- القصة التاريخية القصيرة:

نلاحظ أن القصة التاريخية في مراحلها الأولى في الثلاثينيات كانت تحرص على نقل أحداث تاريخية دون تغيير أو إضافة، بل أنّ الكتّاب نقلوا هذه الأخبار والحوادث بنفس تعابيرها التي وردت في كتب التاريخ والأدب مع شيء من التهذيب اللغوي والربط بين أجزاء القصة.

وأبطال هذه القصص مثاليون بصفات ثابتة لا تتغيّر أو تتطوّر، والحوادث تروى بأسلوب سردي رتيب لا يخلو من الاهتمام بالتشويق والإثارة، ولم تنج هذه القصص من التفصيلات التاريخية التي تعترض أجزاء القصة وتذهب برونقها، ويؤخذ على هذه القصص أنّها تنقل الأحداث دون انتباه إلى دلالاتها الاقتصادية والاجتماعية، ولا نجد إيماءة أو إشارة إلى تلك العلاقة بين الماضي والحاضر. ولمزيد من التوضيح نقف عند ثلاثة من كتّاب القصة التاريخية هم:

---

(1) محمد كامل حسين (جريمة شنعاء) هـ/جـ3/1962/ص67.

(2) محمد كامل حسين (قوم لا يتطهّرون) هـ/جـ5/1962/ص68.

(3) محمد كامل حسين (فراق) هـ/جـ2/1962/ص67.

1) حبيب جاماتي (55 قصة):

خصائص قصصه الفنية تتلّخص فيما يلي: قصر بالغ... كل قصة في صفحه، أو صفحتين، مليئة بالتواريخ والتفصيلات التي تعترض أحداث القصة وتقطع تسلسلها، وذات حبكة بسيطة، ونهايات درامية غالباً، وأبطال مثاليون، وهم رغم صفاتهم المثالية من عامّة الناس.

ولا يتناول هذا الكاتب احداث التاريخ الكبيرة، وقلّما يتناول عظماء التاريخ ونجد تركيزا قويا على قيم البطولة والتضحية في سبيل الوطن، ثم نلمس حيادا مطلقا لا يتحيّز فيه الكاتب لجنس أو دين معيّن، كذلك لم يتخصّص هذا الكاتب في عصر دون غيره.

2) ابراهيم المصرى (7 قصص):

تتّصف قصصه بطول ملحوظ، إذ تزيد كل قصة عن عشر صفحات. ويميل هذا الكاتب إلى تحليل الشخصيات نفسياً وعاطفياً.

كما أنه يحذف التفصيلات والمعلومات التاريخية الثانوية، ولكن طول قصصه يفقدها شيئا من التماسك، وهذا الكاتب أيضاً يركّز في قصصه على قيم البطولة والشرف والتضحية.

3) محمد فريد أبو حديد (5 قصص):

قصص هذا الكاتب في الهلال قليلة، الاّ أنها أنضج فنّيا من جميع القصص التي نشرت في هذه المرحلة ، فهذه القصص تتّصف بقوة التماسك

بين أجزائها[1]، وتتّصف ببراعة فائقة في التصوير الفني ثم بعناية كبيرة برونق اللغة، وتتبّـع للشخصـية والحـدث بأسـلوب تحـليلي منطقـي مرتّـب يحـافظ عـلى عنصر الإثـارة والتشويق.

لكن هذا الكاتب رغم روعة بنائـه الفنـي لا يزيـد عـن ناقـل لحقـائق التـاريخ دون استفادة من دلالات الأحداث، أو ربط بين الماضي والحاضر.

4- القصة العلمية القصيرة:

خلت هذه القصص من عنصر الإثارة والتشويق، وحوادث هذه القصـص تقـوم عـلى تخيّلات ساذجة... حشد مـن الاختراعـات في قصـة واحـدة... أو حلـول مثاليـة لمشـاكل العـالم المالية... أو قصة حب بين أميرة المريخ ورجـل أرضي... الـخ. وهـذه القصـص تفتقـر إلى عنصر الإيهام العلمي، كما ينعدم التوازن فيها بين الخيـال العلمـي والهـدف المـراد، وتـدور أحـداث هذه القصص عن طريق الاخـتراع، أو فكـرة دورة الزمـان، وتخيّـل المسـتقبل بنـاء عـلى هـذه الدورة.

وتبلغ هذه القصص ست قصص سبقت الاشارة إليها كلّها، وأهم كتّابها: محمد فريـد أبو حديد، حافظ محمود، حسن جمعة، محمد علي باكثير، وبنت الشاطيء.

(1) (الفن القصصي في الأدب العربي الحديث) ص 228.

القصة القصيرة المترجمة... بناؤها الفني.... كتّابها... نقد وتقييم: (1969-1892)

تمهيد:

لا نجد على صفحات "الهلال" ما يمكن أن نسمّيه قصة مترجمة حتى سنة 1916. وعندما بدأت "الهلال" بنقل القصص اعتبارا من سنة 1916([1]) ركّزت اهتمامها على القصص التاريخية وقصص الجرائم حيث توفّرت في هذه القصص عناصر المتعة والتشويق، ولبّت حاجات ورغبات القرّاء آنذاك بسرد الحوادث الكبيرة، والجرائم العنيفة، ووصف الشخصيات اللامعة.

وكانت القصص التاريخية التي نشرتها "الهلال" حتى نهاية الثلاثينيات أقرب في بنائها إلى المقالة منها إلى القصة، وكان التطور الوحيد الذي طرأ عليها هو أنها أصبحت تكتب بأسلوب أكثر رشاقة وتعابير أجمل من ذي قبل وذلك على يد المترجم حسن الشريف، وباستثناء ذلك لا نجد الاّ عددا قليلا لا يزيد عن خمس قصص استكملت فيها القصة عناصرها الفنية عند تولستوى([2]) واسكندر ديماس الكبير([3]).

---

(1) (نابليون وبتسي) هـ/جـ19616/6/ص485.

(2) تولستوي (القيصر الصغير) هـ/جـ1959/8/ص79.

(3) اسكندر ديماس الكبير (الشرف العسكري) هـ/جـ1948/9/ص180.

أمّا بالنسبة لقصص الجرائم التي نشرتها الهلال عام 1918 لتكون "عبرة ومتعة للقرّاء"([1]) فقد كانت ترجمتها سقيمة، وعباراتها متكلّفة، ومفرداتها غريبة، وأجزاؤها مفكّكة، بحيث يمكن اعتبارها أسوأ ترجمة وردت في الهلال.

وقد كانت "الهلال" تحارُ كثيراً بصدد هذه القصص المترجمة حتى نهاية الثلاثينيات نظرا لما يشوب بناءها الفنّي من خلط وثغرات، فكانت تنشر على أنها "مقالات"([2]) أحياناً، أو "قصص"([3]) أحيانا أخرى.

ويؤخذ على "الهلال" اهتمامها الكبير بترجمة القصص التي تدور حول سيرة نابليون وملوك أوروبا، فماذا يهم القارئ العربي من حياة نابليون، وتفاصيل غرامياته، وأخبار خدمه وجنوده؟ وماذا يستفيد القارئ من فضائح ملوك وملكات أوروبا؟ وهل القارئ العربي أحوج إلى تلك المعلومات منه إلى معلومات عن تاريخ بلاده وأمّته؟

استمرت القصص التاريخية وتتوالى حتّى أواخر الثلاثينيات، وفي سنة 1926 نتوقّف عند أول قصة مترجمة غير تاريخية توفّرت فيها أركان القصة وعناصرها الفنية، وأن غلب عليها طابع الاهتمام بالفكرة واعتماد الرمز، وقد نشرت هذه القصة تحت عنوان (التسامح)([4]) وعنوان جانبي (قصة رمزية)، ونشرت نفس القصة مرة ثانية تحت عنوان (حرية الفكر)([5]) سنة 1947. وقد نشرت في المرة الأولى مع مقدمة تشيد بما جاء في القصة من دعوة إلى التجديد.

---

(1) (قضية مارى لافارج) هـ/جـ1918/3/ص252.

(2) (قضية ماري لافارج) هـ/جـ1918/3/ص252.

(3) (نيرون الطاغية) هـ/جـ1918/10/ص794.

(4) هندريك فان لون (التسامح) هـ/جـ1926/8/ص801.

(5) هندريك فان لون (حرية الفكر) هـ/جـ1947/6/ص132.

وأحداث هذه القصة تدور حول شعب يسكن في أحد الوديان مطمئناً هانئاً، ولكن الأحوال تتغيّر عندما ينقطع المطر، وتقل المياه، ويهدّد القحط سكان الوادي، فيؤثر قسم من السكان الرحيل والبحث عن مكان يتوفّر فيه الماء والطعام بينما يبقى القسم الثاني متمسّكاً بقداسة التقاليد وغضب الأجداد... ويتم الرحيل وينجو الجميع باستثناء قلّة ضئيلة.

ومما يجدر ذكره أن أحد مؤرخي الأدب في عصرنا الحديث نقد "الهلال" واتّهمها بالتعريض والتشهير بالقيم والمقدسات لنشرها هذه القصة([1])، مع أن هذه القصة تصوّر واقعاً عاشته البشرية ولا تزال.

وبعد هذا التاريخ بدأت القصص المترجمة في الظهور على فترات متقطعة، دون أن تحتل بابا ثابتا حتى عام 1947 حيث تبوّأت منذ ذلك التاريخ مكاناً ثابتا ومهمّا على صفحات "الهلال" حتى سنة 1962 إذ انقطعت عن الظهور لوقت محدود حتى سنة 1969.

الخصائص الفنية... نقد وتقييم:

قبل الحديث عن الخصائص الفنية لقصص "الهلال" المنقولة لا بدّ أن نشير إلى أن عدد كتّاب الهلال بلغ نحو مائة وخمسة عشر كاتبا مما يجعل من الصعب أن نتحدث عنهم جميعاً، ولكنّنا نستطيع أن نحصر الخصائص الفنّية المشتركة بين هذه القصص، مع متابعة ما طرأ عليها من تطوّر في بنائها، وبعد ذلك نختار عددا من الكتّاب الذين أكثرت "الهلال" من نقل قصصهم.

(1) الاتجاهات الوطنية في الأدب المعاصر، جـ2، ص203.

وقعت "الهلال" تحت تأثير الأسماء اللامعة في عالم القصة، فكانت أوّل قصص "الهلال" الفنية لكتّاب مثل: تولستوى، وتشيكوف، وجوركي، وإدجار ألان بو، وسومرست موم، وموباسان. ونجد ما يقارب خمسا وستين قصة فرنسية، ونحو خمسين قصة انجليزية، ونحو خمس وعشرين قصة روسية، والبقية قصص ألمانية، وصينية، ونمساوية، وايرلندية، ومجريّة، واسكتلندية، وهنغارية، وأسبانية، وسويدية، وبرازيلية، وايطالية، وكنديّة، وهولندية.

وقد اهتمت "الهلال " على نحو خاص بموباسان، وسومرست موم، و"هـ. جـ. ولز"، حيث نشر لكل واحد من هؤلاء ما يزيد عن عشر قصص. واهتمت بدرجة أقل بتولستوى، ومكسيم جوركي، وفرانسواكوبيه، وأجاتاكريستي، والبرتومورافيا، وستيفان زفايج، وبيرل بك، وبلاسكو ايبانيز، إذ نشرت لكل واحد منهم ما يناهز خمس قصص.

هذا عدا ما نقلته "الهلال" من قصص لكتّاب آخرين، إلى جانب ما نقلته عن صحف ومجلاّت أجنبية متنوّعة مثل: مجلة كورير، وفيجارو، وريدرز دايجست، ومونرو، ودايجست أوف دايجست، وكارفور، وجورنال دي فوياج، ونوي أيجور، وأتلانتيك، وورد دايجست.

وقد سارت جميع هذه القصص المترجمة على نهج القصة التقليدية التي تبدو فيها عناصر القصة وأركانها واضحة من مقدمة وحبكة، ونهاية، وشخوص، وزمان، ومكان ... وطغيان للوصف الخارجي، وسرد مباشر، وحوار قليل، ولا نجد ما يميّز كاتبا عن آخر في أسلوبه الاّ بمدى مقدرة أحدهما على حسن اختيار الموقف، والمهارة في التحليل، واستبطان النفس البشرية.

ونلاحظ أن عناصر القصة كانت ميكانيكية، ومرتبة ترتيبا آليا، وذات طابع سطحي مباشر، وبلا تعمّق في تحليل الشخصيات وكان هدف القصة المترجمة إثارة القاريء وشدّه عن طريق سرد الحوادث الطريفة، ووصف الأجواء الغريبة والمغامرات الجريئة، ومثل هذه القصص مألوفة وكثيرة في "الهلال" لأن محرّري "الهلال" حرصوا على اختيار هذه النوعيّة من القصص لكّتاب من أشهرهم: جورج فيدال، وكادي أفرتشنكو، وجورج لنوتر، وماكس بيربوهم، وساكي، وجون درو، وجونسون بلير، ودنتون ويلسون، ونلسون ناي، ورامون بيريز، وبلاسكو ابانيز، و"هـ ج. ولز، .... الخ.

ويتبع هؤلاء: أجاتاكريستي، وكونان دويل، وموريس لبلان من كتّاب القصة البوليسية.

ومن النماذج التي توضّح هذا الاتجاه قصة (البقرة)([1]) وهي قصة شاب يربح بقرة في يانصيب خيري، وتجرى معه أحداث غريبة ومضحكة وهو يحاول الاحتفاظ ببقرته في المدينة...

ونموذج آخر قصة (العروس الضالّة)([2]) قصة نشرتها الهلال مرّتين، قصة مجموعة من الأثرياء تستمتع في التجوال والتنزّه في الريف الفرنسي، وأثناء لهوهم في قصر قديم تضيع فتاة منهم داخل سرداب سرّي، ويعجز الجميع عن العثور عليها... وتمضي السنوات ليقع رجل مغامر داخل السرداب نفسه فيجد جثّة الفتاة ويتمكّن من النجاة.

---

(1) كادى أفرتشنكو (البقرة) هـ/جـ2/1930/ص190.

(2) جورج لنوتر (العروس الضالة) هـ/جـ3/1947/ص109.

ونستطيع ان نذكر العشرات من هذه القصص التي لا تثري النفس الانسانية بشيء، وقد لا تصلح الاّ لفئة من الارستوقراطية تتسلّى بقراءتها بعيداً عن مشاكل الأمة والبلاد.

ويؤخذ على هذه القصص أنها وّجهت القـارئ العربي توجيهـا سيئاً، وملأت عقلـه بخيالات وعواطف غير حقيقية، وحملته بعيداً عن واقعه.

بعد هذه القصص التي أخذت حيّزا كبيراً من قصص "الهلال" المترجمة تبقـى أمامنـا مجموعات من القصص يمكن أن نقّسمها إلى ثلاث مجموعات، المجموعة الأولى خضعت فيها القصة لتوجيهات وغايات ارشادية أخلاقية، تحرص على بثّ الشعور بالفضيلة، وتدعيم القيـم السامية، وتبعاً لذلك فقد كانت الشخصيـات ثابتـة والأحداث ملوّنـة بمفاجـآت ومصادفات تنتهي بمواقف وعظية وارشادية. وأهم كتّاب هـذه القصـص: بـول بورجيـه، وأنـاتول فـرانس، وبيرل بك، وفرانسوا كوبيه، وأندريه مـوروا، وهـنري بـوردو، وفكتـور هوجـو، وجـول رومـان، وهيرمان هايجرمان.

ومن الجدير بالذكر أن الأسرة ومشاكلها أخذت مكانا مميّزا في كتابات هؤلاء.

أمّا المجموعة الثانية من هذه القصص فقد كانت قصصا اجتماعيـة أيضاً الاّ أنهـا كانت أقرب إلى الواقع وأكثر استيفاء لعناصر القصة الفنيّة لأن هـذه القصص حرصت على عرض الحياة كما هي دون أن يتدّخل الكاتب في أحداثها بتكييفها وفق أهداف معيّنة، وأهـم كتّاب هـذه القصـص: سومرست مـو، وبلـزاك، وسـتيفان زفايج، وألبرتومورافيـا، وبيرانديللو، وموباسان.

ومن النماذج التي توضّح الاتجاه الأول (بائعة البنفسج)[1] حيث يعرض الكاتب أمثولة عملية للحض على الصبر والمثابرة وذلك بوصف بائعة البنفسج التي تعرض زهورها مئات المرات على المارّة دون كلل أو سأم حتى يشتروا سلها... ومثال آخر هو قصة (الراقصة الحسناء)[2] وفيها يحاول الرجل أن يراقص ويلهو مع مطربة وراقصة أثناء حفلة مهملا زوجه، لكنّ الراقصة تؤنّبه وتردّه إلى زوجه نادما مستغفرا. وفي (أيّهم ليس ولدي)[3] نهاية مأساوية ارشادية يوضّح فيها الكاتب خطورة الخيانة الزوجية.

هذه نماذج على الاتجاه الأول استغلّ فيها الكتّاب امكانيات القصة التقليدية، وسخّروها لخدمة أغراضهم الاجتماعية الاصلاحية. ولا يعيب هذه القصص شيء سوى أن الحياة لا تجرى وتسير دائماً بمثل هذا الترتيب والثبات.

ومن النماذج الموضحة للإتجاه الثاني قصة (الفاشلون)[4] في هذه القصة صورة لأخوين... أحدهما ناجح في حياته العائلية والعملية، والآخر فاشل في حياته كلّها. ويكتفي الكاتب بعرض صورة الأخوين ونوع التعاون والجفاء بينهما دون تدّخل... أو وعظ... أو ارشاد.

ومثال آخر قصة (صديق في وقت الشّدة)[5] حيث يعرض المؤلف صورة بشعة لانسان لايرى، أو يدرك معنى الفضيلة، وذلك بأسلوب هادئ،

---

(1) هنري بوردو (بائعة البنفسج) هـ/جـ4/1961/ص10.

(2) بيرل بك (الراقصة الحسناء) هـ/جـ4/1957/ص46.

(3) بول بورجيه (أيّهم ليس ولدي) هـ/جـ8/1959/ص63.

(4) البرتومورافيا (الفاشلون) هـ/جـ9/1963/ص53.

(5) سومرست موم (صديق وقت الشدّة) هـ/جـ1/1960/ص28.

وتحليل عميق... ودون تدخّل من الكاتب... أو مجاراة وتملّق لعواطف القارئ.

تبقى معنا أخيراً المجموعة الثالثة، وهي ما يمكن أن نسمّيه بالقصة الانسانية العامة التي اخترقت المجال الاجتماعي الضيّق لتصل إلى آفاق ودوائر أوسع وأكثر شمولا. هذه القصص تتناول أحداثا بسيطة غالبا لكنها تختار من اللحظات والمواقف أعمقها دلالة، وأعظمها تأثيراً، لتجعل من الحياة شيئاً أعظم من مجرّد مغامرة تافهة، أو قصّة طريفة، ولتبيّن الكثير مما ينبغي تغييره، والكثير مما يستحق الحياة لأجله.

وأهم كتّاب هذه القصص: تولستوي، ومكسيم جوركي، وايفان تريحينيف، وأرنست همنجواي، وتشيكوف... وأحيانا ستيفان زفايج، وموباسان.

ومن النماذج على الاتجاه الأخير "المجموعة الثالثة" قصة (المظلوم)([1]).. قصة تاجر يسجن ظلماً... وبعد سنوات طويلة تتّضح براءته... وذلك بتحليل هادئ عميق... وبتناسق بين عناصر القصة بصورة طبيعية غير متكلّفة... وقد نجح الكاتب دون أن يبوح بصوته- في أن يشحن نفس القارئ بكراهية عميقة للظلم.

وفي (قلب شريد)([2]) صبي مشرّد تأويه عائلة... ويتّهم ظلما... فيتألم ويهرب مرّة ثانية.. وميّزة هذه القصة أنها تعرض علينا مأساة الطفولة في

---

(1) تولستوى (المظلوم) هـ/جـ1957/3/ص78.

(2) ظاغور (قلب شريد) هـ/جـ1949/12/ص122.

بلدان العالم الثالث"…. أيضاً دون تكلّف، أو تدخّل… وباختيار موفّق للّحظات والمواقف المناسبة.

وفي (أحزان الليل)(1) تركيز حاد، واختيار موفّق لكل مفردة وعبارة، في وصف شاب يعيش في نيويورك في نزل بسيط، وتحسبه صاحبة النزل شابّا هادئاً طبيعيا… وذات ليلة تسترق النظر إلى غرفته من خلال ثقب الباب، فتراه يجلس الساعات الطويلة في غرفته يخاطب… كرسيا في حجرته… الكاتب هنا لم يتدّخل بكلمة لكنّه ترك في نفس القارى شعورا عميقا بالقرف والاشمئزاز من حياة المدينة في أمريكا، تلك الحياة التي تقضي على العلاقات الانسانية فيغدو الانسان مجنونا يبحث عن الصداقة في الجماد.

وهذه القصص الأخيرة تضعف فيها أركان وعناصر القصة التقليدية، فتنجو من الحرفيّة، والسرد الرتيب، وترتيب الحوادث آليا ممّا يزيد في قيمة هذه القصص وتأثيرها، وهذه القصص أقل القصص عددا لأنها صعبة حقًّا، واذ ليس من السهل نقل مشاعر النفس الانسانية، وتصوير خلجاتها بصدق وواقعية، وليس من السهل العثور على زوايا الانطلاق والرؤيا المناسبة، وليس من السهل أن يكتب القاصّ قصّته فيدعو إلى التغيير وإلى ما هو أفضل في أسلوب فنّي متناسق… لهذا كانت هذه القصص قليلة في عددها، كبيرة في قيمتها.

(1) أرنست همنغواي (أحزان الليل) هـ/جـ1955/10/ص102.

أهم الكتّاب:

1) جي. دي. موباسان (15 قصة):

هو اجمالا صاحب أسلوب مشرق وبسيط، ويعتبر أستاذ فن الاقصوصة. ويميّزه أيضاً أنه لم يكن صاحب مبدأ فلسفي[1]. وقصصه تبدأ عادة بمقدمة تصف جلسة سمر تضم عددا من الأصدقاء، ثم يروى أحـدهم قصة تـوحي بها الجلسة وموضوع حـديثها. وأحياناً يبـدأ بالقصة دون تمهيد من هذا القبيل. وقصص هذا الكاتب رغم واقعيتها لا تخلو مـن الأحداث الغريبة، والشخصية عنده تبنى من خلال الأحداث، والحوار، والوصف المباشر. ولا يحصر هذا الكاتب قصصه في موضوع واحد بل ينوّع فيما يتناوله في قصصه من مواضيع.

2) سومرست موم (12 قصة):

قصصه متقنة التخطيط حسنة البنيان، ممّا يجعلها بعيدة عن واقع الحياة التي هـي ليست على مثل هذا التنظيم[2] وتمتاز قصصه بالبساطة، والوضوح، والحيوية.

وقصص سومرست مـوم في "الهـلال" ذات نهايـات دراميـة، وتـدور أحـداثها غالبـاً في أجواء عائلية، وتظهر في قصصه آثار ثقافته الواسعة، وسفراته الكثيرة.

---

(1) هنري توماس (أعلام الفن القصصي) المؤسسة المصرية العامة للتأليف والنشر، 1956، 223.

(2) محمود السمرة (أدباء معاصرون من الغرب)، بيروت، دار الثقافة، 1964، ص141.

3) هـ جـ ولز (10 قصص):

يعتبر من أبرز كتاب الخيال العلمي في العالم[1]، وقصصه في "الهلال" سأثرت بميوله العلمية وتصوّر معظمها ألوانا من الصراع بين الانسان وقوى خارجية مثل الحيوانات... وأحيانا بعض أنواع الحشرات وغيرها، وفي قصصه ينتصر الانسان في معظم الأحيان. وقصص هذا الكاتب تدفع القاريء إلى متابعتها دون ملل لما فيها من أجواء غريبة، وأحداث مثيرة وتناسق فنّي بين عناصرها.

ويماثل هذا الكاتب كاتب آخر هو ادجار الان بو" في اختيار المواضيع الغريبة التي تلوح فيها أجواء الخوف والرعب لكّن بو أكثر ولّوجا في عالم الخوف والرعب، وأدقّ اختيارا لمثل هذه المواقف التي تمسك القارئ ولا تدعه يلتقط أنفاسه حتى ينتهي من القصة، كما يتميّز ادجار ألان عن هـ جـ ولز بأنه أدّق تحليلاً وأشدّ تركيزا فيما يختار من قصص.

أمّا بقية الكتّاب، فقصصهم أقل عددا منهم: تولستوي وله ست قصص، وهو عميق في اختيار قصصه، وتحليل أبطاله، ولا يتقّيد كثيراً بشروط القصة التقليدية بل يجعل همّه أن ينقل للقاريء صورة حقيقية للحياة، وثمّ تشابه بينه وبين جوركي لكنّ جوركي يختار أبطال قصصه غالبا من البؤساء، وتوصف قصص مكسيم جوركي بأنها واقعية لأبعد حدّ[2].

---

(1) يوسف الشاروني (الخيال العلمي عند العرب)، مجلة عالم الفكر، الكويت، عدد "3"، 1980، ص243.

(2) أدباء معاصرون من الغرب، ص15.

وأخيراً نقف عند البرتومورافيا، وله ست قصص، ويوصف هـذا الكاتـب بأنـه واقعـي مغرق في واقعيته يصوّر الأحداث والشخصيات بصور مكبّرة، وهو صاحب أسلوب واضح خـال من التوتّر[1]. وقصصه في "الهلال" ذات مواضـيع متنوعـة تنحصر ـ ضـمن الاتجـاه الاجتماعـي بمفهوم يتجاوز نطاق الأسرة والجو العائلي.

_____

(1) أدباء معاصرون من الغرب، ص207.

المرحلة الثانية (1969-1980)
القصة القصيرة الموضوعة... بناؤها الفني... كتّابها... نقد وتقييم
(1969-1980)

منذ سنة 1969 وبالتحديد ابتداء من العدد (جـ8/ أغسطس/1969) طرأ على الهـلال تحوّل كبير في مسارها القصصي، فقد كانت قصص هذا العدد الخاص بالقصة القصيرة لكتّاب لم يسبق لهم أن كتبوا في "الهلال" سابقا، كما أن هذه القصص اتخـذت أشكالا فنيّة جديدة وابتعدت كثيراً عـن الأشكـال والأطر التقليدية وتميّـزت في الوقت نفسه بطغيـان الموضـوع الاجتماعي الذي تنوول بعمق.

واعتمادا على آراء بعض النّقاد من دارسي القصة[1]، وعلى آراء بعض كتّاب القصـة القصيرة المعروفين[2]، وممّا نراه من مطالعات للقصص القصيرة خارج مجلة "الهلال"، نستطيع القول أن قصص "الهـلال" في هـذه المرحـلة كانت تعكس صـورة صـادقة إلى حـدّ كبير عـن التيّارات القصصية الموجودة في مصر. ولكّن "الهلال" رغم مواكبتها للتيّارات الجديدة لم تكن سبّاقة إلى احتضان المحاولات الأولى في التجديد، فلم تظهر فيها قصص أدوار الخرّاط، ويوسف الشاروني، ويوسف أدريس التي تعزى اليها أوليّة السبق في خطوات الريادة والتأصيل للأشكال الفنية الجديدة منذ أواخر الخمسينيات[3].

---

(1) البحث عن طريق جديد للقصة القصيرة المصرية، ص44، 77.

(2) مجلة "الوطن العربي" عدد 282، 1982، ص71.

(3) التيارات المعاصرة في القصة القصيرة المصرية، ص19.

وقد كتب كثير من النقّاد عن القصص في هذه المرحلة، فمنهم من اكتفى بوصفها وتحديد معالمها العامة وعناصرها الفنيّة([1])، ومنهم من زاد على ذلك بأن نسب تلك الأشكال الفنية الجديدة إلى تيّارات ومذاهب فنيّة كالتعبيرية والتجريدية([2])، ومنهم من آثر تسمية هذه القصص حسب طريقة تناولها للواقع الذي تصفه وتعالجه فقّسمها إلى قصص أو "واقعية جديدة"([3]).

ونجد في هذه المرحلة أن (137) كاتبا من مجموع (190) كاتبا طرقوا أبواب الأشكال الفنية الجديدة على مستويات مختلفة من الجودة والاتقان وكان للتيار التعبيري نصيب الأسد من هذه القصص، فقد تجاوزت القصة عناصر الحدث، والحبكة، والعقدة، والحل.

وأصبحت تعتمد كثيراً على تيّار الوعي، وتخلط في الأحداث بين الماضي والحاضر والمستقبل، وترفض المنطق التقليدي في ترتيب الأحداث، أو التركيز على تحديد معالم الشخصية، وتستعيض عنه بتناول أبعاد معيّنة من هموم هذه الشخصية، كما أنها أصبحت تستفيد كثيراً من امكانات الشعر، والحلم، والاسطورة، والتقنيات الحديثة، والفنون الجديدة.

ومن خصائصها أيضاً الاعتماد على الرمز، واللفظة، والعبارة الموحية، وضمير المتكلّم غالبا، كما أن تيّار الوعي فيها لا يتابع أو يستقصي الصور والمشاعر حتى النهاية، وتستعمل اللغة في هذه القصص لتجسيد المشاعر والعواطف بوساطة اللغة.

---

(1) صبري حافظ، "المجلة"، الاعداد 116، 117، 118.

(2) التيارات المعاصرة في القصة القصيرة المصرية، ص82.

(3) البحث عن طريق جديد للقصة القصيرة المصرية، ص168.

هذه أهم خصائص التيّار أو المذهب التعبيري([1]) نجدها متمثّلة وواضحة في قصص هذه المرحلة، وتكّون هذه القصص أربعة أخماس مجموع القصص في هذه الفترة (1969-1980) والخمس الباقي ظلّ محتفظاً بطابع القصة التقليديّة إلى حدّ كبير.

ومن الخصائص الفنيّة الأخرى التي طرأت على شكل القصة أنها أصبحت تميل إلى القصر- البالغ في السنوات الأربع الأخير حتى أنّ بعضها لم يكن يشغل أكثر من نصف صفحة([2]).

واجمالا نلاحظ أن هؤلاء الكتّاب رغم استعانتهم بالإمكانات الفنيّة الجديدة ظلّوا يحترمون الذهنيّة التقليدية في التذوّق، فلم يحطّموا السياق المنطقي للحدث، أو التسلسل السببي له، ولا تزيد القصص التي حطمّت الزمن، ومنطق الواقع، والشخصية، وامتلأت بالتشويش وبأخلاط من المونولوج الجامح، وبالأساطير التاريخية وبالصور التي يستحيل تصوّرها، وبالهوامش الغريبة.. هذه القصص لا تزيد في عددها عن ثلاثين قصة من مجموع ما يناهز خمسمائة قصة، وقد ركّزت هذه القصص على الذات الممزّقة، وبيّنت حالة الشعور بالضياع والقلق واليأس لكّن الأسلوب الذي كتبت به نال من صدق التجربة، والعفوية، ومن القدرة على تجسيد أبعاد التوتّر.

وقصص "الهلال" التي ارتدت هذه الأشكال الفنيّة الجديدة قصص كئيبة ومتشائمة إلى حدّ كبير، وقّل وندر من هذه القصص ما يرقى مستوى "الواقعية الجديدة" ويبدو أن التشاؤم، والكآبة، والقنوط كانت هي الطوابع والسمات

(1) التيارات المعاصرة في القصة القصيرة المصرية، ص28.

(2) محمد عثمان صالح (الحلم والوهم) هـ/جـ1978/7/ص144.

العامّة المشتركة للقصة القصيرة خارج "الهلال" أيضاً ممّا جعل كاتبا مثل يوسف ادريس يقول "أنه من النادر أن تقرأ قصّة وتشعر أن لكاتبها فلسفة خاصّة بالوجود، فهذه القصص تعالج الاحباطات دون أن تمسك بعامود بطولة ما ممّا يجعل القارئ يكرهها"([1]) وربّما كان هذا هو السبب نفسه الذي يجعل الناقد غالي شكري يقول أنه لا يوجد في مصر- كلّها من كتّاب القصة القصيرة الجيّدة ما يزيد عن عدد أصابع اليد الواحدة"([2]).

وهموم هذه القصص بعامّة، هي: ضياع وتحطّم الذات الممزّقة، والفقر، والفساد، اختلال الموازين والقيم الاجتماعية. وثمة هموم فكرية وفلسفية... قلق... موت... عجز... شك... الخ. أمّا البطل فهو انسان مسحوق معرّض لضربات البرجوازية، والاحتكار، والعسف الاقتصادي، والسياسي. وهو مأساوي لم يجن سوى الخيبة والألم، وقلّما يقاوم، أو يرفض.

ونذكر هنا أهم الكتّاب، وأبرز الملامح الفنيّة في قصصهم، ثم نفرد زاوية خاصّة لأهم الكتّاب أيضاً ممن مثّلوا التيّارين، التقليدي، والجديد.أولاً، نجد أن تيّار الوعي يكاد يكون الظاهرة المشتركة بين كتّاب القصة التعبيرية، لكنّنا نجد هذا التيّار... تيّار الوعي بمستوى رفيع عند محمد مستجاب، وسعد مكاوي، وحسني عبد الفضيل، وقاسم مسعد عليوه، وادريس علي، وفاروق منيب، ورفقي بدوي، وعبد الوهاب الأسواني...

وقد ارتقى هؤلاء في مونولوجهم إلى مستوى الشعر ممّا أكسب قصصهم مزيداً من الايحاء، والجمال، والصدق.

---

(1) مجلة "الوطن العربي"، عدد 282، 1982، ص70.

(2) غالي شكري، محاورات اليوم السابع، بيروت: دار الطليعة، ط1، 1980، ص146.

بعد ذلك نجد الاتّكاء على الرمز بوفرة واضحة، ومن الأمثلة الجيّدة على ذلك قصص لمحمد مستجاب، ونجيب محفوظ(1)، وطه حواس، وزهير البيومي، والطيّب صالح، وأحمد الشيخ، واسماعيل كنگ، وسعيد طوبيا، وأحمد هاشم الشريف، وعبد الوهاب الأسواني.

ومن الخصائص العامّة أيضاً، التركيز على هموم الشخصيّة، وتناول بعض أبعادها التي تصوّر وتصف اليأس، والقلق، والخوف، والبؤس... مستغلّة الامكانات الفنية من مونولوج وحلم، وشعر، وذلك كلّه دون تحديد الشخصية بمختلف أبعادها أو وصفها وصفا خارجيا.

يلي ذلك شيء آخر هو تقسيم القصة إلى عدة أقسام، كل قسم تحت عنوان فرعي، وكل قسم يشكّل جزءاً مكمّلا للقصة بكاملها وان بدا مستقلا بذاته... فتظهر القصة وكأنّها عدة رسمات تشكّل معا لوحة جميلة متكاملة(2)، وأحيانا نجد كل قسم من هذه الأقسام يعرض قصة واحدة بوجهة نظر مختلفة عن الأخرى حسب الشخصية التي تسرد(3).

وفي السنوات الأخيرة نجد القصص البالغة القصر، ولهذه القصص القصيرة جدا دلالة خاصة تبيّن مدى التطوّر الـذي أصاب القصـة القصيرة، فقد كانت مجلـة مثل "القصة" في أواسط الستينيات ترفض نشر القصة إذا كانت بالغة القصر، وتعدّ ذلك عيبا فنيّا يمنع نشرها.

(1) نجيب محفوظ (روح طبيب القلوب) هـ/جـ2/1970/ص78.

(2) يوسف القعيد (الشونة) هـ/جـ3/1977/ص112.

(3) سعيد سالم (قطرتان في المحيط الأسفل) هـ/جـ6/1979/ص138.

ثمّ نجد قصصا استعانت بالأسطورة والتاريخ وهذه القصص قليلة ونجدها عند محمد مستجاب، وكمال مرسي، وقاسم مسعد عليوه([1])، وفتحي محمد فضل، وماجد يوسف([2]).

وثمة قصص قليلة جداً لا تتجاوز خمس قصص برزت فيها شخصيّة المكان، ومن كتّابها: الطيّب صالح([3])، وغالب هلسا، وحسين ذو الفقار.

وأخيراً ما يناهز خمس قصص أيضاً اعتمدت في بنائها على الحوار كليًا... حوار عقلي ذهني عند نعيم عطيه، ورفقي بدوي([4])، وعماد الدين عيسى.

ويمكن أن نلّخص مزايا وحسنات الشكل الجديد بأنّها أتاحت المجال للكشف عن خبايا النفس بوساطة المونولوج ذي الامكانات الواسعة، ورفعت القصة إلى مستوى عال من الإيحاء، والجمال. بالاستفادة من طاقات ومجالات الشعر والحلم، وباستغلال الرمز استطاعت أن تنقد الأوضاع الاجتماعية، والسياسيّة بعمق وصدق... وكانت المهارة والبراعة أجمل ما تكون في النقد السياسي الذي اتكأ على الرمز.

أمّا العيوب والمآخذ على هذا الأسلوب، فتتلّخص في أن كتّابها كانوا أحياناً يحشرون الفرد في ذاتيّة مغلقة، وأزمة خاصة فلا تحظى بعطف القارئ.

---

(1) قاسم مسعد عليوه (أنشودة مجدو) ز/جـ1973/12/ص10.

(2) ماجد يوسف (وعاشت الأميرة) ز/جـ1975/10/ص30.

(3) الطيّب صالح (دومة ود حامد) هـ/جـ1969/8/ص7.

(4) رفقي بدوي (التحدّث) هـ/جـ1977/12/ص144.

وثمة عيب آخر يكاد يكون عامّا، وهو أنّنا قلّما نقرأ قصة نشعر ازاءها أنّنا أمام شخصية متميّزة لها نكهة خاصة، فجميع هذه القصص تصف لحظات شعوريّة والطابع العام لها مصبوغ بهموم مشتركة، وتبدو القصص كأنها كلّها تصف شخصية واحدة، وتتناوله من بعد واحد.. هو البعد المأساوي بحيث أننا عندما نسترجع في أذهاننا صورة معيّنة لشخصيات، وأبطال هذه القصص لا نتذكّر الاّ خليطا من مشاعر القلق، واليأس، والخوف، وغير ذلك.

وربما كان لاعتماد الكتّاب على تيّار الوعي، وعدم تتّبع هذا التيّار، وتقطّعه أثر كبير في فقدان القصة الترابط بين أجزائها ممّا يفقد القارئ حماسة لمتابعتها.

كذلك لم يستطع الكتّاب أن يوظّفوا الأسطورة، والتاريخ للتعبير عمّا يريدون أن يقولوا.

وأسوأ ما في هذه القصص تلك القصص التي تعتمد على الحوار العقلي... فنحن لا نخرج من قراءتها بشيء... بل يبقى المغزى عند الكاتب... وهذه القصص لا تزيد عن خمس.

وقد تفاوتت قصص الكاتب الواحد في مقدار جودتها وروعتها ومدى استفادتها من الإمكانات الجديدة.

ومن المهم أن نبيّن أن عددا من الكتّاب الذين طرقوا أبواب الشكل الجديد كتبوا أيضاً قصصا على النمط التقليدي... ومن هؤلاء: عبد العزيز الأهواني، وعبد الوهاب الأسواني، وعزمي لبيب، وعاطف كشك، ونعيم عطية، وصلاح ابراهيم.

ومن الظواهر والأمور الملفتة في هذه القصص أننا نقرأ بعضها أحياناً فتبدو للوهلة الأولى غامضة محيّرة وكأنّ الكاتب يريد أن يقول شيئاً هامّا، أو يعبّر عن موقف متميّز متخفّيا وراء امكانات الشكل الفنّي الجديد، الاّ أنّنا عندما ندقّق النظر في هذه القصص نكتشف سطحيّة هذا الكاتب أو ذاتيّته المنغلقة على نفسها، وتتأكّد لنا هذه الفكرة عندما نتابع قصصه التي يقترب فيها من الشكل الفنّي التقليدي فينكشف حينئذ بصورة جليّة واضحة فيبدو ساذجا سطحيّا بعيدا عن الواقع، ومن هؤلاء الذين تخدع قصصهم للوهلة الأولى: نبيل عبد الحميد، وهدى جاد، وأليفة رفعت.

ونذكر الآن أسماء أهم الكتّاب الذين اتّكأوا على الشكل الفنّي الجديد فيما كتبوه فمن هؤلاء: محمد مستجاب، وجمال الغيطاني، والطّيب صالح، وعبد الوهاب الأسواني، ونجيب محفوظ، وهدى جاد، وأليفة رفعت، ونبيل عبد الحميد، وفؤاد بركات، ومحمد كمال محمد، وحسين عيد، ونعيم عطيّة، ورفقي بدوي، ورأفت سليم، وأحمد هاشم الشريف، وعبد الحكيم قاسم، وحسني عبد الفضيل، ومحمد أبو المعاطي أبو النجا، وحسين ذو الفقار، ومحمد البساطي، وسليمان فيّاض، وابراهيم أصلان وأحمد الكنيسي، وعاطف كشك، وأحمد الشيخ، وطه حوّاس، وقاسم مسعد، ورمضان جميل، واسماعيل كتكت، والسيد الهبيان وفاروق منيب، وأدريس علي، ومصطفى عبد الوهاب، وزهير البيومي، والسيّد إمام، وصبري العسكري، وسعد الدين حسن، ويوسف عز الدين.

أمّا فيما يتعلّق بالقصص التي ظلّت محافظة على الإطار الفنّي التقليدي، فنجد نحو خمسين كاتبا حافظوا إلى حد ما على هذا الإطار، وقد تخلّص هؤلاء من الوقوع في إسار الحرفيّة والميكانيكية والشكل الهندسي، كما

تخلّصوا من طغيان الأسلوب الانشائي وأصبحت قصصهم تتّسم ببساطة أكثر من ذي قبل، ولم نعد نجد الوصف الخارجي الاّ نادرا، كما أنّنا لم نعد نجد القصة التي تنبسط أحداثها على رقعة زمانيّة واسعة، بل أصبحت تكتفي بأقل ما يمكن من المشاهد، والأماكن، والأزمنة.

وأهم الكتّاب الذين حافظوا على الاسلوب التقليدي: محمود البدوي، ورستم كيلاني، وسعد حامد، وحسن عبد المنعم، وعبد العزيز الشناوي، وعاطف مسعودي، وسعد رضوان.

ومن المقلّدين أو المحافظين بصورة رديئة جدًا: زينب صادق، وفتوح الشاطبي، وكوثر عبدالدايم، وعبّاس خضر، فتحي سلامه، وفؤاد قنديل، ونجيبة العسّال، ثم حسين مؤنس الذي أقحم نفسه في هذا الميدان إبّان رئاسته لتحرير المجلة حيث كتب قصصا تحت عنوان "حكايات انسانيّة" لتكون قدوة للكتّاب يتسابقون في تقليدها لنيل جوائز المجلة([1]).

ومن الظواهر الملفتة أيضاً أن مستوى القصص هابط فنيّا عند الكتّاب الذين اتّخذوا الشكل التقليدي إطارا لقصصهم -وليس هذا الحكم عامّا- فنحن نجد المنطق يكاد يكون معدوما في هذه القصص، كذلك نفتقد حرارة التجربة والمعاناة ووصف الشخصيّة من الداخل.

ومن الغريب أنّنا نجد مجلة "الهلال" تعنى بالقصة التقليدية وتضعها ضمن الأبواب الرئيسية في المجلة لكتّاب مثل: غبريال وهبه، ورستم كيلاني، وهدى جاد، بينما تورد قصصا أخرى ممتازة لكتّاب مثل: محيد طوبيا، ويوسف القعيد ضمن أعداد الزهور... وربّما كان هذا مراعاة للّذوق العام الذي يفضّل

---

(1) حسين مؤنس (الانسانيّة أولا) هـ/جـ1977/8/ص102.

القصة التقليديّة، أو خضوعاً لرغبات بعض المسؤولين عن الأبواب الأدبية في المجلة.

أخيراً نجد بعض الكتّاب ممّن أبدعوا في تطويع الشكل الفنّي الجديد يكتبون بعض قصصهم على النمط التقليدي مثل: عبد الوهاب الأسواني، وعبد العزيز الشنّاوي، وعزمي لبيب، وعاطف كشك، ونعيم عطية... فتبدو القصّة تقليديّة لكنّها توقف القارئ ليفكّر رغم وضوح الشخصية والحدث. ويوضّح هذا قصة لعاطف كشك يصف فيها رجلا مغرما بجمع وتصنيف المعلّبات الفارغة... لكنّ هذه المعلّبات تنهال عليه وتقتله. والقصة تقليديّة في بنائها ولكن ماذا أراد الكاتب أن يقول؟... لقد أشار إلى المواطن العربي الذي ظلّ متعلّقا بأشياء فارغه كثيرة... حتى كانت سببا في هزيمته في النهاية([1]).

أهم الكتّاب:

فيما يلي نبذة مكثّفة نذكر فيها أهمّ الخصائص الفنيّة وما إليها لأشهر من اتّبعوا في قصصهم المعمار الفنّي الجديد، وهذه الاشارات استكمال لدراسة الخصائص الفنّية.

1) محمد مستجاب (8 قصص):

تملأ قصصه أحداث غريبة أسطورية، وتعليقات على الحواشي، ويعتمد على الرمز والشعر، ويلجأ أحيانا إلى البناء التقليدي ليرمز إلى فكرة معيّنة بأسلوب شائق، وله محاولة يجمع فيها عدّة أقاصيص في قصّة واحدة

(1) عاطف كشك (تصنيف الأشياء الفارغة) هـ/جـ4/1973/ص131.

وكأنّها مشاهد مكثّفة يجمعها خيط خفّي. ويهتم هذا القاصّ بالريف اهتماما خاصّا. وقد توقّف عن النشر في الهلال سنة 1975.

2) عبد الوهاب الأسواني (7 قصص):

من أهم الكتّاب الذين جرّبوا مختلف أساليب الأشكال الفنيّة ونجحوا، يعتمد على الرمز والمونولوج بقوة، له قصص مؤلّفة من عدّة فصول أو مشاهد تحت عناوين فرعيّة. اهتّم بالريف والنقد السياسي اضافة إلى اهتمامه بمشاكل المدينة. نقرأ له في "الهلال" منذ سنة 1970 حتى 1977.

3) نجيب محفوظ (8 قصص):

قصصه في "الهلال" اهتمّت بالنقد السياسي، وقد استغلّ الرمز، والحلم، والحوار في هذه القصص ليصل إلى ما يريد وما نشرته له "الهلال" هنا كانت "الأهرام" قد امتنعت عن نشره. وفي قصصه السياسية هنا لا نجد الشخصيّة الانسانيّة التي نحسّ بوجودها في رواياته، فالشخصيّات هنا أنماط ورموز تعبّر عن القهر أو الاستبداد. ولنجيب محفوظ قصّتان أيضاً في نفس هذه الفترة ممّا كتبه في الثلاثينيّات.

4) هدى جاد (10 قصص):

تهتّم بمشاكل المرأة، تعتمد علي تيّار الوعي والارتداد إلى الماضي، لا تتناول الواقع بعمق وتحليل واع، فهي لا تربط في قصصها بين مشاكل وعقدة أصحابها وبين الواقع والظروف المحيطة.

5) أليفة رفعت (8 قصص):

تركّز على المرأة... زوجة... طالبة... تعتمد بوضوح على الرمز والحلم، ذات أسلوب شاعري، تنهج أحياناً نهجا تحليليًا نفسيًا، تستغل الطبيعة ومناظرها في بناء قصصها. وقد امتدّ انتاجها في "الهلال" منذ سنة 1974 حتى 1979.

6) نبيل عبد الحميد (12 قصة):

يركّز على العلاقات الزوجية، وعلى اليأس والقنوط عند الخادمات، وأحيانا معاناة المواطن عموما، يميل إلى الاسلوب الشاعري، يركّز على التفاصيل والجزئيّات يعتمد كثيراً على تيّار الوعي. ليست لديه فلسفة خاصّة أو متميّزة.

7) فؤاد بركات (11 قصة):

يعالج مشاكل اجتماعية متنوعّة دون تركيز على نوع معيّن في المدينة أو الريف، يستفيد من تيّار الوعي، وشخصيات قصصه وأحداثها وعناصرها واضحة رغم المونولوج، وبعض قصصه لا تزيد عن صفحة واحدة. نشر في "الهلال" منذ سنة 1976 حتى 1980.

8) محمد كمال محمد (12 قصة):

يشابه الكاتبين: نبيل عبد الحميد وفؤاد بركات في بنائه الفنّي الاّ أنّ شخصيّاته أكثر حياة وعمقا، ويتميّز عنهما بأنّه أفضل منهما اختيارا للمواقف المناسبة وهو متنوّع فيما يختار. وله محاولة كتب فيها قصّة قصيرة مكوّنة من

ثلاثة مشاهد يبدو كل مشهد منها وكأنه قصة قصيرة مكثّفة. امتدّ انتاجه من سنة 1975 إلى 1980.

9) حسين عيد مادي (11 قصة):

يتناول مشاكل اجتماعية منوّعة. يشابه في اعتماده على الإمكانات الجديدة للقصّة مثل زملائه نبيل عبد الحميد، وفؤاد بركات، ومحمد كمال محمد. ويمكن القول أن قصص هؤلاء الخمسة تتشابه عموماً في اعتمادها على تيّار الوعي، والتركيز على الانفعالات، وتتبّع الجزئيات، وعدم وجود فلسفة خاصة لأيّ منهم.

10) نعيم عطيّة (6 قصص):

يكتب أحيانا على نحو تقليدي، وأحيانا يكتب القصّة مقسّمة إلى مشاهد تحت عناوين فرعية، يميل إلى السّخرية، ويعتمد على الاحلام والخيال، يستعمل أدواته التعبيرية بمهارة، كما يبدو عميقاً في أسلوب تناوله للمشاكل التي يعرضها. امتدّ انتاجه المتقطّع منذ سنة 1976 إلى 1980.

11) رفقي بدوي (7 قصص):

يقسّم بعض قصصه إلى مشاهد وفصول يعتمد على الأسطورة والحوار العقلي، يبدو عميقا لكنّ الغموض يغلف قصصه. لا يهتم اطلاقا بتحديد الشخصيّة أو الحادث، يمتاز بمسحة شاعرية. يعالج هموما فلسفية كالقلق... وعجز الإنسان... والضياع انتاجه موزّع ما بين سنة 1976 و1980.

12) رأفت سليم (8 قصص):

قصص اجتماعيّة، يغيب فيها الحادث، ويغمض الموضوع، وتغيب الشخصية وأحياناً تكون بالغة القصر. وامتدّ انتاجه في "الهلال" من سنة 1976 إلى 1980.

13) جمال الغيطاني (4 قصص):

يستعين بالمذكّرات، والتقارير، وتيّار الوعي، وفي قصّتين تاريخيتين يتقمّص الأسلوب التاريخي القديم في صياغة العبارة كما وردت في كتب التاريخ في العصر المملوكي، يربط في قصصه بين الماضي والحاضر، وهو يسخّر القصة التاريخية والوطنيّة ليخدم أغراضاً اجتماعية اصلاحيّة. يلجأ أيضاً إلى العناوين الفرعية داخل القصة الواحدة. آخر قصّة له في "الهلال" نشرت سنة 1976.

14) الطيّب صالح (3 قصص):

نشر قصصه الثلاث في أوائل السبعينيّات، اثنتان عن ريف السودان أبرز فيهما شخصيّة الريف، والفلاحين، ولجأ إلى تحليل الأسطورة، واعتمد على الرمز، لم يهمل في هاتين القصّتين بعدا من أبعاد القصة... من المكان... الزمان... الأشخاص... الرمز... الأسطورة... والتقنيات الجديدة... فبدت القصّتان مصنوعتين بحذق ومهارة تصلحان معه نماذج توضيحية للطلاّب([1]).

---

(1) الطيّب صالح (دومة ود حامد) هـ/جـ8/1969/ص7.
الطيّب صالح (حفنة تمر) هـ/جـ10/1969/ص106.

والقصة الثالثة(1) مجموعة لقطات مكثّفة حول مواقف حبّ فاشلة. ونجد مثيلا لهذه القصّة عند عبد العزيز الشنّاوي ورفقي بدوي وغيرهما.

وفيما يلي نبذة مكثّفة عن عدد من أسم الكتّاب الذين اتّبعوا في بناء قصصهم النهج التقليدي المحافظ على أركان القصة من زمان، ومكان، وأشخاص وبداية، وعقدة، ونهاية:

1) محمود البدوي (11 قصة):

يعالج مواضيع اجتماعيّة متنوعة دون تعمّق، وقد بدأ يشير إلى بعض مظاهر الفساد والاستغلال في قصصه الأخيرة. وهو يميل إلى العرض الهادئ الرّزين. ويحسن رسم أجواء القصّة. وقصصه مليئة بالأحداث مع اشارات وتركيز على رحلاته وأسفاره داخل وخارج مصر ـ وهو لا يعرض الشخصية عرضا مباشراً بل يكشف ملامحها تدريجياً. وقد عالج مواضيع وطنيّة إلى جانب مواضيعه الاجتماعيّة. وكتب في "الهلال" منذ سنة 1969 حتى 1975.

2) رستم كيلاني (6 قصص):

يركّز في قصصه على المرأة ويقف إلى جانبها، ويميل إلى الوعظ والارشاد، ويلتزم بعناصر القصّة التقليديّة تماما، ويؤثر الأسلوب الانشائي، ويفضّل القصص ذات المشاهد القصيرة التي لا تستغرق حوادثها وقتا طويلا، وخياله سطحي محدود إذ أن أحداث قصصه ومواضيعها مبتذلة معادة. كتب في "الهلال" منذ سنة 1972 إلى 1975.

---

(1) الطيّب صالح (مقدّمات) هـ/جـ9/1969/ص34.

3) سعد حامد (5 قصص):

يماثل اسلوبه أسلوب رستم كيلاني إلاّ أنه أكثر حيويّة ورشاقة في تعبيراتـه، يركّـز عـلى المومسات ويبيّن ما لحق بهنّ مـن ظلـم اجتماعـي كـان سـببا في انحـرافهنّ. توزّعـت قصصـه القليلة على أعداد "الهلال" من 1972 حتى 1980.

4) غبريال وهبه (12 قصة):

تناول هذا الكاتب أغراضاً اجتماعيّـة منوعـة وامتّـد انتاجـه منـذ سـنة 1972 حتـى 1980. يميل إلى حشد قصصه بالأحداث، ويتعمّد الإثارة والتشويق، ويفتعل الحـوادث أحيانـا، وهو ساذج وسطحي في طريقة تناوله للقضايا التي يعالجها، وقد سخّر احدى قصصه للدعايـة المباشرة للسّادات في أسلوب أشبه بالتقرير الصحفي... ومع ذلك تفرد له "الهلال" مكانـا بـارزا في صفحاتها.

5) حسن عبد المنعم (4 قصص):

بناء تقليدي، تركيز على تحديد الشخصية، ورسم معالمها، لا يتغلّـل في الأعـماق رغـم حرصه على المواضيع الاجتماعية والوطنية... ويكاد أسـلوبه يكـون صـورة قريبـة مـن أسـلوب محمود تيمور في الخمسينّيات.

6) عبد العزيز الشنّاوي (14 قصة):

أسلوب تقليدي، لكنّه يرتقي بهـذا الأسـلوب فتغيـب مـن قصصـه الأحـداث المرتبـة، والشخصيّات المحدّدة، والأسلوب السردي الجاف، ويستعين

بالمونولوج والشعر بقدر مناسب، يهتم بالريف، وبخاصة جانبه المشرق، ولديه اصرار غريب على اختيار شخصيّات متسامحة ومتعاونة في مختلف الأحوال.

7) عاطف سعودي (5 قصص):

يحافظ تماما على البناء التقليدي، مغرم بعنصر التشويق والمفاجأة، وبعض قصصه ليس لها غرض سوى الاثارة والتشويق دونما أي غرض آخر، وهو يستغل بسطحيّة بعض امكانات الحلم، وأسلوب الحوار، ويتكلّف الأحداث ليقف واعظاً ومرشداً ونشر قصص هذا الكاتب في السنوات الثلاث الأخيرة 78-79-80 أمر غريب وغير مقبول من محرّري أبواب "الهلال" الأدبية، ويماثل هذا الكاتب كاتب آخر في أسلوبه هو سعد رضوان.

وهناك قصص أخرى متفرّقة نشرتها "الهلال" رغم هبوط مستواها الفني. ونجد في نفس الفترة عددا من قصص نجيب محفوظ، ومحمد عبد الحليم عبد الله، ويوسف ادريس نشرتها "الهلال" رغم أنه سبق نشرها في الثلاثينيّات، وذلك تقديراً منها لهؤلاء الكتّاب، وللذكرى، وللمقارنة بين ما كان عليه الفن القصصي سابقاً وما أصبح عليه عند هؤلاء.

القصة القصيرة المترجمة... أسلوبها ... كتّابها
(1980-1969)

لا تزيد القصص المترجمة في هذه السنوات عن خمسين قصة، ويبلغ عدد كتّابها ثلاثين كاتبا، لكل كاتب منهم قصة واحدة، عدا هتشكوك فله سبع قصص، ولموباسان أربع قصص، ولالبرتومورافيا قصّتان، ولبرتراند راسل ثلاث قصص.

وتتميّز هذه القصص بتنوّع المواضيع التي تطرّقت إليها، وباختلاف جنسيّاتها وبعض كتّاب هذه القصص هم ممّن سبق للهلال أن ترجمت قصصهم ونقلتها في الأربعينيات وما بعدها مثل: موباسان، وستيفان زفايج، والبرتومورافيا، وبول بورجيه، وبرتراند راسل... أمّا البقيّة فهم كتّاب جدد على صفحات "الهلال".

والواقع أنّ "الهلال" فيما نشرته من قصص أجنبية توّخت اختيار ما كان محافظا على تقاليد وأركان القصة التقليديّة([1]).

ولا نجد من بين جميع هذه القصص سوى خمس منها تاثرت بتيّار الوعي، كما توجد قصّتان اهتمّتا بالتركيز على الوصف الشاعري لمشاهد طبيعيّة دون اهتمام بالأحداث([2])... ومع ذلك بقيت هذه القصص واضحة العناصر والملامح.

---

(1) أرستو بار (رسالة في زجاجة) هـ/جـ2/1980/ص82.

(2) ليام أوفلاهيرتي (المرأة) ز/جـ2/1975/ص58.

وأهم هذه القصص تبعا لعددها، قصص الفريد هتشكوك، وقد تميّزت قصصه بحبكتها المحكمة، وبطابع الأثارة والتشويق، وتناولت جرائم متنوعة، وأبطالا من طبقات مختلفة، وكان عنصر الحدث هو أهم ما اعتمدت عليه في بنائها الفنّي.

ثمّ نجد قصصا لبرتراند راسل([1]) و (د. هـ لورانس) واليعيزر فيزل اليهودي تعالج مفاهيم فلسفية... وهذه القصص تسخّر الأحداث لخدمة الفكرة.

ومنها قصّتان لهنريش بول([2])، وجورج أولسنهام([3]) تسخّران الأحداث لخدمة أغراض سياسية، الأولى تنقد قسوة البوليس واعتماد النظام الحاكم على هذه القوة، والثانية تنقد سياسة التهجير الجماعية التي لجأت إليها روسيا السوفياتية في أوائل نشوئها.

وثمة قصص تبرز بعض عيوب المدنيّة والحضارة الأوروبية كاهتمامها بالقيمة الماديّة للأشياء دون النظر لقيمة الإنسان الروحيّة([4])، وقصص تصوّر معاناة المرأة.. أو الفلاح.. أو الموظف([5]) .. أو الطفل في بلاد مختلفة... وهذه القصص ذات بناء تقليدي، وأغراض اجتماعية اصلاحيّة.

وأجمل ما قدّم "الهلال" من قصص مترجمة في هذه المرحلة هو تلك القصص ذات الطابع الانساني العام التي تمثّل أرقى مستويات القصة التقليدية

---

(1) برتراند راسل (وأخيرا أنت موجود) هـ/جـ1978/6/ص86.

(2) هنريش بول (وجهي الكئيب) ز/جـ1973/1/ص10.

(3) جورج أولسنهام (الطريق الطويل) ز/جـ1973/11/ص11.

(4) مثال على ذلك... ايزاك أسيموف (الشعور بالقوة) ز/جـ1975/12/ص18.

(5) مثال على ذلك... رافييل نوانكو (الفيضان) هـ/جـ1969/8/ص62.

مثل قصة (والقلب يبصر أيضاً) لستيفان زفايج[1]، وقصة (أخي أيان) لكارول رايدر[2].

ويلاحظ عموما فيما قدّمته "الهلال" من قصص مترجمة أنها حاولت أن تقدّم للقارئ نماذج متنوّعة من القصص تناسب ذوقه من حيث الأسلوب والمضمون، فقـدّمت قصصا ذات نمط إنساني رفيع يتذوّقها ويتعاطف معها كل قاريء، وقدّمت قصصاً تعالج همومـا ومشـاكل يلمسها ويعاني مثيلها المواطن العربي أيضاً.

ولم تخلُ " الهلال" من قصص جاءت لمجرّد التسلية كالقصص البوليسية التـي نشرت إبّان رئاسة حسين مؤنس لهيئة تحرير "الهلال" وبهذا عـادت بالمجلـة إلى مـا قبـل الستينيات حيث كانت تحفل بمثل هذه القصص.

---

(1) ستيفان سفايج (والقلب يبصر أيضاً) هـ/جـ2/1974/ص134.

(2) كارول رايدر (أخي أيان) ز/جـ7/1973/ص14.

نماذج قصصية... دراسة وتحليل:
المرحلة الأولى
(1968-1892)

فيما يلي مجموعة من القصص اخترتها لتكون نماذج تطبيقيّة على أهمّ ما سبق أن ذكرته من ملاحظات حول القصص الموضوعة، وقد اخترت النماذج من القصص الموضوعة لأهميّتها في موضوع الدراسة، ولم أختر شيئاً من القصص المترجمة لأنني أثبت منها ما يكفي عند دراستها.

1) ابراهيم المازني (الفرصة الضائعة) هـ/جـ1/1933/ص29:

عامل مصري يعمل في أحد المصانع في الثلاثينيات. يغضب منه صاحب المصنع فينذره بالطرد... يمضي العامل بقيّة يومه وهو يفكّر بمصير أطفاله وبيته... ثمّ يصمّم على قتل صاحب المصنع... لكنّه يتراجع ولا ينفّذ ما صمّم عليه... وفي النهاية يفاجأ بصاحب المصنع يطلب منه البقاء... فيفرح العامل لأنه لم يتعجّل وينفّذ ما نوى عليه.

هذه القصة نشرتها "الهلال" في الثلاثينيّات حيث كثرت الاضطرابات - العمّالية في مصر. فما رأي المازني؟... واضح أنه يقول: صبرا أيّها العمّال ... تحمّلوا ... واصبروا... إن أصحاب المصانع سوف يشفقون عليكم في النهاية لا ترتكبوا حماقة قد تندمون عليها.

فهل نسميّ ما قدّمه المازني حلاّ؟ وهل وضع المازني أصبعه على تلك العلاقة الاستغلالية بين العامل وصاحب المصنع؟... ما في القصة اذن هو مجرّد... دعوة للصبر... وموقف سلبي... وغير واع.

2) ميخائيل نعيمة (عاشق العصافير) هـ/جـ1/1956/ص53:

قصة صبي غريب الشكل... وطباعه أكثر غرابة من شكله... هذا الصبي مغرم بالطيور ويعطف على الحيوانات الضعيفة... أخيرا يشاهد طفلا يعذّب عصفورا فيهجم عليه ويقتله.

لقد رسمت القصة شخصية غريبة حقاً، ولكنّ الكاتب كان يستطيع أن يلمس المشاعر ويحرّكها على نحو أعمق دون أن يلوّن الطفل ويسبغ عليه كل ما ذكره من صفات غريبة.

وكان يمكن للقّصة أن تبدو أقرب للواقع لولا هذا الحشد من الصفات الغريبة. ويقف ميخائيل نعيمة مع محمود تيمور وغيره من قصّاصي هذه الفترة في اختيار كل ما هو غريب وشاذ كما في هذه القصّة.

3) محمود طاهر لاشين (تحت عجلة الحياة) هـ/جـ3/1933/ص382

محمود طاهر لاشين (حوّاء بلا آدم) هـ/جـ8/1933/ص197

القصة الأولى تصوّر شخصية في أطوار مختلفة من حياتها، يبدأ البطل تلميذا مجتهدا... ثم يصبح ثائرا... ثم موظفا مختلسا... وأخيرا ينتهي إلى الجنون.

والقصّة الثانية... قصة فتاة بسيطة الحال تعمل مدرّسة وتحبّ ابن صاحب القصر- الذي يعطف عليها.. ويتزوج الشاب... وتصدم الفتاة...

لكنّها تتحامل وتساعد أهل القصر في استقبال المدعوّين وتوزيع الشراب... إلخ. ثم تعود إلى بيتها وتنتحر.

في القصّتين نجد وعيا قويًا وادراكًا واضحا لطبيعة الصراع الطبقي... واشارات واضحة وذكيّة لطبيعة العلاقات الاجتماعية... لذا لم يكن الكاتب ممّن يمكن أن يقعوا ضحيّة التصوّرات والأحلام المثالية... لكنّنا نستغرب منه لاختياره نهايات فاجعة لأبطاله... فهل انعكس الواقع السيء سلبيا على الكاتب إلى هذا الحدّ؟

4) محمود تيمور (الخفّ) هـ/جـ9/1967/ص48.

محمود تيمور (عيد ميلاد سعيد) هـ/جـ1/1967/ص25.

في نهاية الستينات كتب محمود تيمور هاتين القصّتين حيث يفترض في هذا الكاتب أنه تطور في قصصه من الطابع المحلّي إلى مواضيع انسانية شاملة. في القصة الأولى يشتري خفًّا فلا يناسبه فيعطيه للصبي الذي يزوّد البيت باللبن، فيفرح الصبي.

وفي الثانية... قصة موظف متقاعد يحتفل بعيد ميلاده الستين وحيداً ويجلس وحده أمام الشموع وقطع الجاتوه وتقود الصدفة إليه امرأة مع أطفالها الثلاثة يسألونه عن قريب لهم فيلّح عليهم بالدخول.. ويحتفل الجميع .. ويفرح الأطفال.

لا شكّ أن الكاتب فعل خيرا في القصّتين... لكنّ اسلوب هذا الفعل وظروفه كانت غريبة ومبنيّة على المصادفة، فلولا ضيق الخفّ لما تبرّع به ولولا الوحدة والسأم لما دعا الأطفال. ولو كان فعل الخير لا يتمّ الاّ على طريقة تيمور في هاتين القصّتين لكان عالمنا عالماً سيئاً جداً. ونتساءل:

أين البعد الانساني الشامل في هاتين القصّتين؟

5) حلمي مراد (يوم في حياة آمرأة) هـ/جـ4/1951/ص98:

فتاة من الطبقة الاستقراطية... يشتدّ بها الشوق إلى حبيبها الذي أعرض عنها فتسرّع بسيّارتها إلى مزرعته... وبعد لقاء قصير ترجع حزينة آسفة... وهذه القصة كما يقول الكاتب "قصة انجليزية قام بتمصيرها.

قصة ذات مضمون تافه ولسنا ندري ما الذي أعجب الكاتب في هذه القصة حتى قام بتمصيرها... هل مثّلت جموع الفلاّحين البؤساء؟ أم أنه اختارها لتتسلّى بها مثقّفات الطبقة الراقية؟ أم لمضمونها الفكري العميق؟

6) يوسف السباعي (الشوق العائد) هـ/جـ8/1950/ص106:

ممثّلة قديمة... وهي الآن عجوز فقدت بصرها وتجلس في احدى صالات المسارح وسكرتيرها معها يصف لها رجلا من الباشوات يجلس في صالة مقابلة... وتتّضح أبعاد القصّة فنعلم أن هذه الممثّلة كانت تحبّ ذلك الباشا منذ عشرين سنة... وأنها ضّحت في سبيله وفقدت بصرها لأجله... واشفقت عليه ولم تعلمه بذلك مع أنه كان يحبّها بل أوهمته أنها تخونه حتى يتركها ولا تكون عبئا عليه... وهي الآن جالسة في المسرح وتستمع منبهرة لوصف سكرتيرها لحبيبها القديم.

القصة كما هو واضح.. رومانسية ساذجة إلى حدّ الغباء والمرض... وفاء نادر.. وتضحية نبيلة... دون تبرير أو إقناع أو منطق... بل أن الموقف كلّه تافه بما يمثّل من طبقة اجتماعية.. وبمستواه الفنّي الضعيف في البناء الفنّي... ذي التراكيب الانشائية والعواطف الساخنة.. والأحداث المتكلّفة المفتعلة.

7) بنت الشاطيء (ضريبة الحياة) هـ/جـ1/1944/ص56:

احمد عبد القادر المازني (أصبع القدر) هـ/جـ8/1957/ص70:

في القصّتين عروس تتجهّز وتزّين ليلة عرسها... وبينما الجميع في فرح وسرور تدخل عليهم عجوز لتخبرهم أن العريس هو أخو العروس في الرضاعة... مثل هذه المصادفة - كما نرى- لم تفت على الكتّاب فقاموا باستغلالها. وهذا واحد من أهم الخصائص الفنيّة للقصة القصيرة في هذه المرحلة.

8)محمد فريد أبو حديد (الأمير محمد بك قشطة) هـ/جـ4/1952/ص32:

قصة تاريخية تصوّر صراعا بين أميرين من أمراء المماليك. ورغم طلاوة الأسلوب، وروعة التصوير، وجودة التناسق بين أركان القصة... رغم ذلك كله ألاّ أننا لا نجد المضمون الذي يوازي روعة الاسلوب، فالقصة تسرد دون اشارة إلى ظلم المماليك.. والخدم والجواري والأتباع في هذه القصة أناس مجرّدون من المشاعر، أو دمى مكمّلة للصورة وكأنهم ليسوا من الشعب الذي يقاسي... وكأن أمهاتهم ولدنهم خصّيصا ليكونوا خدما وعبيدا لهؤلاء الامراء. لا ننكر دور المماليك تاريخيّا ولكنّنا نستغرب من كاتب لا يلتفت إلاّ لطبقة الأمراء مغفلا الظلم والاستغلال والاستعباد وكأن هذه الأمور مقبولة في عصر وغير مقبولة في عصور أخرى.

9) جاذبية صدقي (وطنية هانم) هـ/جـ1953/10/ص86:

تدور هذه القصة حول أحداث ثورة 1919.. البطل شاب أبله يتحوّل بقدرة قادر إلى ثائر يقـود الجماهـير... تعـترض احـدى المظـاهرات التـي يقودهـا بطلـة القصـة وهـي تسـير بسيارتها... ويبعد البطل الجماهير الساخطة عنها.. وتتطوّر العلاقة.. وتشـاركه الفتـاة.. وأخـيراً يتم الزواج بينهما.

القصّة ذات أحداث مفتعلة... وقد أرادت الكاتبـة أن تعـرض صـورة وطنيـة يتعـاون فيها الفقير والغني فافتعلت وتكلّفت دون أيّ إشارة إلى أبعاد هذه الثورة مع اغفال تام لدور الشعب. فقد جعلت الكاتبة من البطلين حبيبين ثم زوجين ثائرين دون تبرير وحوّلت الشاب من إنسان أبله إلى ثائر دون تبرير ايضـا. ومـع ذلـك فـازت القصّـة في المسـابقة التـي أجرتهـا "الهلال" في هذه السنة.

10) سليم اللوزي (البطل) هـ/جـ1948/9/ص157:

محمد فريد أبو حديد (حسن الصيّاد) هـ/جـ1959/7/ص10:

بنت الشاطئ (الفادية) هـ/جـ1948/9/ص122:

القصص الثلاث تتناول قضية فلسطين. يتنازع البطولة في كل منها شخصيّتان... الأولى مخلصة تضّحي في سبيل الوطن.. والثانية خائنة تطعن الـوطن.. ثنائيـة غريبـة. لمـاذا الالحـاح على هذه الثنائية الشاذّة في قصص يمكن أن تقرأ من قبل الألـوف مـن القـراء في كافـة أنحـاء الوطن العربي؟ ونقرأ القصص

فلا نجد فلا نجد ما يشير إلى طبيعة وأبعاد الصراع آنذاك في فلسطين. ولو حذفنا من هذه القصص أسماء الأماكن لما استطاع القارئ أن يميّز أماكن حدوثها. وهذه القصص رومانسية في بطولاتها وشخصياتها وعواطفها. ولا نجد في هذه القصص أدنى اشارة إلى الظروف الانسانية والسياسية التي كانت تطحن الشعب الفلسطيني... ولم يقف الكتّاب عند هذا الحدّ بل صنّفوا في قصصهم الناس إلى خونة ومخلصين دون أن يكون لديهم الوعي الصحيح بأبعاد هذه القضية.

11) حلمي مراد (الأبن الضائع) هـ/جـ1947/2/ص141:

هذه القصة كانت موضوع مسابقة بين القرّاء أشرف عليها حلمي مراد، وهي قصّة عائلة ثريّة يولد لها طفل... لكنّ هذا الطفل يضيع، ويتضّح أن أحدهم قد سرقه واستبدل به طفلا آخر ليرث به القصر وما فيه. ولا يكمل الكاتب القصة.. بل يجعل موضوع المسابقة هو كيفية اكمالها والجائزة لأفضل تكملة... ويتسابق القرّاء وتفوز قصّة... أو تكملة أرجعت الطفل إلى أهله...

نتساءل: هل تستحق هذه الطبقة أن نعتني بمشاكلها على هذا النحو وهذه الطريقة ؟ وأين هذه الهموم التي يعاني منها الشعب؟ وكيف يضلل القرّاء ويتعبون بتكملة مثل هذه القصص؟ وهذا نموذج على عدد كبير من القصص التي نشرت في "الهلال" دون أن تمسّ شيئاً من مشاكل الشعب الحقيقية.

نماذج قصصية ... دراسة وتحليل:

المرحلة الثانية

(1980-1969)

1) جمال الغيطاني (دمعة الباكي على طيبغا الشاكي) هـ/جـ6/1969/ص59:

قصة أمير مملوكي اشتهر بعدله بين الناس، تتآمر عليه بعض الفئات المستغلة من الأمراء، والقضاة، والتّجار خوفا من سيرته وشعبيّته، وينجح هؤلاء في قتله.

وقد اختار القاصّ في اسلوبه أن يتقّمص نفس أساليب الكتب التاريخية أيام المماليك، وقسّم قصّته إلى مشاهد، واستعان بالمونولوج، لم تكتف القصة بتصوير الماضي بل أومأت إلى الواقع الحاضر وكشفت عن الأساليب التي تلجأ اليها الفئات المستغلة لتحافظ على مصالحها الاقتصادية... والرمز واضح في القصة.

2) نجيب محفوظ (روح طبيب القلوب) هـ/جـ2/1970/ص78:

فتاة فقيرة تسرق حلياً، وتلجأ إلى مقام أحد الأولياء، فيعلم بأمرها خادم المقام... وتمضي القصة فنرى خادم المقام وتاجرا وشرطيّا يتآمرون عليها لكنّ الناس يكتشفون الأمر ويهجمون على المتآمرين مع أنّهم لم يفهموا حقيقة الأمر... ولا يبيّن الكاتب النهاية. ويبدو واضحا ان الكاتب استعان بالرمز... فكان الشرطي رمزا... وخادم الضريح رمزا... والتاجر رمزا... وهؤلاء

تتشارك وتتشابك مصالحهم.. والشبه واضح بين هذه القصّة وقصّة "دمعة الباكي على طيبغا الشاكي".

3) مجيد طوبيا (الوباء الرمدي) هـ/جـ8/1970/ص110:

هنا مدرّس قاس لا يهنأ أو يستريح الاّ عندما يشعر أن الطلاب سكتوا خوفا ورهبة.. وتنتهي القصة بخروج الطلاب وهم يلبسون نظّارات رمادية. فهل ترمز القصة إلى النظام الحاكم ورغبة هذا النظام في توجيه الناس حسب أوامره؟

الكاتب نفسه يعترف ويقدر أنه استعان بالرمز لينقد النظام في لقاء معه في مجلة "الفيصل".

4) جمال الغيطاني (شكاوي الجندي الفصيح) هـ/جـ8/1971/ص108:

عبد الشافي محمد عبد الرزاق (الظلال) ز/جـ8/1974/ص34:

في القصة الأولى يستعين الكاتب بالرسائل وتيّار الوعي ليكشف عن مأساة جندي في الجبهة يراسل الشركة التي كان يعمل بها ليستمر في عمله إذا أنهى خدمته لينفق على عائلته الفقيرة.. لكنّ موظفا تافها في الشركة يمزّق أوراقه بعد أن يتسلّى بها.. وفي القصة الثانية يعود الجندي إلى حيّه الفقير، فيتخيّل المسؤولين المدنيين أعداء يحملون نفس ملامح العدو الاسرائيلي... ويلاحظ اهمال حيّه الفقير وما يقابل ذلك من عناية بالأحياء الراقية.. والقصة

تكشف عن احساس الكاتب بضراوة التفاوت الطبقي، والقصة الأولى نشرت عام 1971 ونشرت الثانية عام 1974 أي بعد حرب 1973 وهكذا تكشف القصة أن الأوضاع الداخلية لم تتغيّر.

5) محمد يوسف القعيد (مناجاة القلب الحزين) ز/جـ1973/3/ص51:

أحمد الشيخ (قصة الليل في كفر عسكر) هـ/جـ1978/11/ص140:

أحمد الشيخ (روح النهر) ز/جـ1973/2/ص50:

هذه القصص تعبير فنّي عن الرفض للنظام القائم... استعانت هذه القصص بالرمز، والمونولوج، والأيحاء.

في الأولى فلاح فقير تمرض زوجه، فيساعدها الفلاحون ريثما يرجع من الحقول... ثم يساعدونه مرة ثانية ليحملها إلى المستشفى، فيعيره أحدهم حمارا... في الطريق تهيج به ذكريات حياته المؤلمة... ويتذكّر المستشفى وحديث الفلاحين عنه... وكيف لا يخرج منه المرضى إلاّ على حمّالات.. يتذكر كل هذا ويتذكر الاهانات التي يلقاها الفلاح هناك والاهمال الذي يتعرض له فينكفيء راجعاً مفضّلا الموت والنهاية بين أهله، ويتم ذلك بموافقة زوجه. هذه القصة تصوّر مدى المرارة التي تعتمل في صدر الفلاّح تجاه مرافق الحكومة، وتدّل على انعدام ثقته بها... والقصة تعبير عن رفض الفلاح التام. ولم يكن الكاتب ساذجاً ليمضي بهذا الفلاح إلى المستشفى حيث يصادفه طبيب طيّب... ابن حلال.. ويعالج المريضة... لكنّ الكاتب لم يفعل هذا لأنه لا يحدث... وان

حدث فنادرا... ومن هنا كان رجوع الفلاح تعبيراً عن الرفض التام وعدم القبول بالحلول الجزئية. وقد أحسن الكاتب اختيار المواقف، واستغلّ تيّار الوعي بمهارة رائعة، ورسم شخصياته من خلال المواقف والصور وأعطى المكان حقّه أيضاً.

وفي القصة الثانية يصف الكاتب بلدة عُزل عمدتها القديم بمؤامرة، وتولى الأمر فيها عمدة جديد عاث فيها فساداً هو وجماعته... والقصة تومئ بالقارئ إلى ما حدث في مصر بعد وفاة جمال عبد الناصر... والكاتب لا يتحدث عن قرية بسيطة بل يتحدّث عن مصر كلّها... فالقرية رمز لمصر... والعمدة الجديد رمز للسادات... واللصوص رموز لأعوان النظام الحاكم... وقد استغلّ الكاتب العبارات الموحية ليقول ما يريد وهذه فقرات من القصة توحي بما يريد.

في أول القصة يقول: ... ثم جاء الزمان العويل بأيامه الخسيسةفانزاحت الاصول العتيقة تلعن الزمان الغادر وتلعق الجراح... "ص140.

وعن العمدة القديم" ... بعد أن رحلت عنّا يا رجل عجزنا عن لمّ الشمل، وحتّى ما خلّفته لم نحسن حراسته فالأعراب يتسلّلون إلى دربنا ويسلبون... " ص140.

ويقول: "... هكذا يتحوّل حفيدك إلى مجرّد ذكرى على الألسنة... " ص140.

ويبدو الكاتب مؤمنا بضرورة الحل الثوري ولنقرأ:

".... قال سيّد: الحلم سيّد الأخلاق يا صالح فليس بالعنف وحده تنحلّ المشاكل قلت لنفسي يومها... هو أفندي ناعم تربّى مع تلامذة المدارس

وتوظّف مع أفنديّة يخاف الواحد منهم أن يتعفّر كمّ قميصه... هنا دنيا أخرى... الحلم لا يحلّ المشاكل... ص141.

وهكذا بتيّار الوعي.. والايحاء يمضي- الكاتب ثائرا يحلم بثورة شاملة يقوم بها الشعب العامل.

هذا الكاتب نفسه يبدو مؤمنا بهذا الخط الثوري منذ زمن.. ففي عام 1973 نقرأ له قصة (روح النهر) حيث يصف سجينا أطلق سراحه... والقصة تستعين بتيّار الوعي وتنقسم إلى مشاهد وأيام... اليوم الأول... اليوم الثاني... وهكذا... ولنقرأ...

... يسأل شرطيا عن ميدان التحرير؟".. لم أصدّق ليست كل الميادين ميادين تحرير... هناك ميدان تحرير وحيد وأنا أعرفه... " ص53.

ثم يقول عن الشرطي متهكما "..... أنه مسؤول عن توجيه التائهين وتصحيح معلوماتهم وليس افسادها... " ص 53.. ثم يضيف "... ميدان التحرير الذي أعرفه يتطلّب جهداً جهيداً." ص54.

ولنقرأ هذا لاحوار بينه وبين صديقه:

- النهر بطيء.

- أبدا أنه السطح.

- لكنّه يبدو ساكنا وبليدا.

- في الأعماق دوامات تغلي وتهدر.

- وهناك سد يحرسه كان من الحتم أن ينظم خطواته.

- ينظّم خطواته...

- بالضبط وهو يجاهد هذه المرة أن يصل إلى كل القرى والكفور العطشى- ولا يفيض فيدمّر.

- هكذا؟
- هكذا طبعا ولا بدّ أن يكون هكذا.
- كنت أتخوّف من فقدانه لروح النهر.
- مجرّد مخاوف بسبب هزّة تواجهها.. النهر هو النهر..." ص54.

وتعليق بسيط على هذه القصة.. نقول: كيف أفلتت هذه القصة من رقابة المجلة الذاتية؟؟

6) ملاك ميخائيل (لؤلؤة من الاعماق) ز/جـ6/1976/ص40:

محمد سالم (اعتراف) هـ/جـ3/1977/154:

فتحي سلامه (قراءة جديدة لقصة حب قديمة) ز/جـ9/1976/ص40:

هذه القصص نماذج على تأثير الأوضاع الاقتصادية السيئة حتى على العشّاق والمحبّين.

في الأولى يتصارح المتحابّان فإذا فقر مدقع... وفي الثانية يتغنّى المحب بفقره وحبيبته تزّف إلى غيره... وفي الثالثة متحابّان يهربان من القرية... وينتهيان إلى التسوّل.

ولنقرأ من القصة الثانية.. سألتك يا رب بحق الغلاوة اللي عندك للرسول تضمن لي كل يوم طبق أو طبقين فول.. "ص154.

ويمضي بطل القصة في موّاله وهو يسمع الزغاريد في البيت المجاور... يا حلو يااللي بغرامك عاوز تشاركني نفسي أطلب القرب منّك بس الفقر مش عاوز يفارقني ... "ص 156.

وفي فقرة أخرى ".. مشكلة البق من المشاكل التي تتساوى في اقتحامها مع مشكلة حبّه البائس... " ص 156.

ويصف الكاتب الجائعين الذين هرعوا إلى الفرح، ويطول الوصف لهذا الفقر والبؤس. وهكذا استغلّ الكاتب تيّار الوعي... والموال في قصته.

7) زهير بيومي (مباراة شطرنج) ز/جـ1974/12/ص52:

في هذه القصة عدد من الأصدقاء يلعبون الشطرنج... ويصف الكاتب هؤلاء بأوصاف منها اللاعب الأسود... اللاعب الأبيض... إلخ.

ولنقرأ طرفا من الحوار في هذه اللعبة:

"(... أنّها لعبة تفتقد المنطق فكيف يرقى العسكري إلى وزير...؟"

ويجيب آخر "... لو جاز هذا المنطق في الحياة لقلنا على الأرض السلام.... " ص53.

ويرد آخر "... ولسّه يا ما نشوف ... " ص 54.

- "... كأن يصير شاهد الزور قاضيا... " ص 54.
- "... لا فائدة وزير واحد لا يكفي لحماية ملكه... " ص 54.

وهكذا يستعين الكاتب برموز لعبة الشطرنج، ويستعين بالحوار الموحي لينقد وضعا سياسيا قائما في بلده.

ونشير هنا إلى أن القصص التي عنت بالنقد السياسي كانت قليلة، كذلك القصص التي تدعو لحلول جذرية شاملة. لكنّنا نجد الكثير من القصص التي تضع - الحلول الجزئية كقصة سعد حامد (ومضت الحياة) هـ/جـ1980/12/ص118.

حيث يرى الكاتب طالبتين في الأتوبيس ويستمع لهما ".. منذ أسبوع ونحن نبحث عمّن يقرضنا هذه الجنيهات الأربع... " "... الناس جميعاً يعانون من هذا الغلاء الفاحش.. " ص119.

ويحزن الكاتب ويتأثر فيدس بعض الجنيهات في حقيبة الطالبة دون أن تدري... والقصة تقليدية في أسلوبها... والحل جزئي.

8) هدى جاد (وحيدة) هـ/جـ3/1979/ص124:

عاطف سعودي (صحوة ضمير) هـ/ جـ5/ 108/1978:

القصة الأولى تستعين بالأمكانات الفنية الجديدة من الشعر وتيّار الوعي...لكنّ الكاتبة سطحية في تناولها لمشكلة فتاة يضايقها زوج احدى صديقاتها، فتحشر نفسها في شقّتها مدة شهر لتوهم الرجل أنها مريضة فينصرف عنها... والكاتبة مسرورة من ذكاء بطلتها.

كيف غاب عن الكاتبة أن هذا الأسلوب.. هروب.. وضعف وأسلوب يشي بسطحية الكاتبة أيضاً... إذ كيف ترضى فتاة واعية بسجن نفسها ولو مدة يوم خوفاً من مضايقة انسان تافه يمكن أن توقفه عند حدّه بأسلوب آخر.

والقصة الثانية تقليدية في بنائها... تروى قصة نشّالة عادت إلى ضميرها ... ويتكلف الكاتب الحوادث ويفتعلها دون منطق أو تبرير ليقول أن النشّالة عادت إلى الصواب.

ومن هاتين القصّتين نستنتج أن الكاتب ما لم يكن مسلّحا بوعي وادراك عميقين لا ينجح فيما يقدّم سواء كان تقليديّا أو مجدّداً في أسلوبه.

9) محمد مستجاب (الوصية الحادية عشرة) هـ/ جـ8/1969/ص45:

القصة عبارة عن حلم... منظر غريب... ومناظر أخرى ثانوية أكثر غرابة.. طفل مع أمّه .. مخلوق غريب مربوط على كرسي... شمس حارقة يسقط المخلوق ... تهجم عليه مخلوقات أخرى... وفي آخر القصة تغيب الشمس وتتحرّك الخفافيش.

هذه القصة تستعين بالحلم وبتيّار الوعي، ولها هوامش مفسّرة... وثمّ خلط بين الواقع والحلم لكننّا لا نستطيع أن نصل إلى فهم محدّد لما أراد الكاتب أن يقوله. وهذه القصة نموذج على القصص الغامضة في أسلوبها ومضمونها.

10) سمر الفيصل (الممثل يرشق الجمهور بالحجارة) ز/جـ11/1975/ص43:

هذه قصة من القصص الفائزة باحدى جوائز "الهلال" وقد اختارها عبد العال الحمامصي من محرّري الهلال الثقافي وعلّق عليها ونشرت في هذا العدد.

وهي تصف ممثّلا مسرحياً يغضب من الجمهور الذي يشاهد مسرحيته دون أن يشارك في القتال فيطلق الرصاص على الحضور. والكاتب سورى الجنسية ويتحدّث عن بلده..

نحن نعلم أن سوريا لا يكاد يوجد فيها بيت ليس فيه مجنّد... فلماذا غضب هذا الكاتب وأغضب بطل قصّته؟

وهل الحرب تعني أن توقّف المسارح وسائر المرافق، مع أن استمرار هذه المرافق دليل على قوّة الأمة وحيويّتها كما كان يحدث في فيتنام. فعلى أي أساس فازت هذه القصّة؟

وهل تكفي العاطفة الساخنة لتفويز قصة دون أن ننظر لمدى مطابقتها للواقع؟

الخاتمة

أقدّم فيما يلي أهم نتائج هذا البحث فيما يتعلق بالقصة القصيرة من حيث اهتمام "الهلال" بها، وأهم اتجاهاتها وأنواعها والأساليب الفنية التي كتبت بها مع الاشارة إلى نتائج أخرى أدّاني إليها البحث في هذا الموضوع.

★ "الهلال" وحركة القصة القصيرة بعامة:

ظهرت أول قصّة قصيرة على صفحات "الهلال" عام 1914 لتوفيق مفرج وهو كاتب مغمور ثم توالت القصص بعد ذلك على اختلاف أنواعها واتجاهاتها، وفي أواخر الستينيات ضعفت حركة القصة القصيرة في "الهلال" إلى حدّ كبير، لكنّها ما لبثت بعد ذلك ومنذ عام 1969 أن عادت أقوى وأكثر مما كانت عليه من قبل وبخاصة في القصص الموضوعة.

وقد تجلّى تشجيع "الهلال" للقصة القصيرة فيما كانت تبديه من ملاحظات قيّمة على القصص التي كانت تنشرها في العشرينيات، وفيما أصدرته من أعداد خاصة بالقصة القصيرة، وفي المسابقات القصصية التي كانت تجريها بين قرّائها، وفي المقالات النقدية التي تدور حول شؤون القصة القصيرة في السبعينيات، واخيرا في ملحق "الهلال" الذي عرف بـ"الزهور" واستمرّ أربع سنوات (1973-1976) موليـاً القصة القصيرة وكتابتها عناية اهتماماً كبيراً. ومنذ سنة 1914 حتى 1969 لم تغيّر الهلال أسلوب مسارها القصصي فقد ظلّ كتّابها هم أنفسهم بنفس مواضيعهم واتجاهاتهم وأساليبهم دون تطوّر يـذكر، ولكـن بعد ذلك واعتبارا من عام 1969 قفزت "الهلال" قفزة نوعية هائلة فقد أفسحت المجال لعدد كبير من الكتّاب الذين لم يسبق لها أن

نشرت لهم وتوقفت في نفس الوقت عن نشر القصص لكثير من الكتّاب الذين طالما احتكروا أبواب القصة فيها.

ومنذ هذا العام أيضاً تضاءل أهتمام "الهلال" بالقصة المنقولة المترجمة" إلى حدّ كبير.

ورغم أن "الهلال" تخطّت حدود مصر إلى مختلف البلاد العربية وخارجها الاّ أنها قلّما نشرت لكتّاب غير مصريين إلاّ نادرا باستثناء ميخائيل نعيمة الذي نشر العديد من قصصه على صفحاتها.

*** القصة الاجتماعية الموضوعة**

أخذ هذا النوع من القصص أكبر حيّز واهتمام من مجلة "الهلال"، وقد عنيت القصة الاجتماعية بقطاعي المدينة والريف، وكانت المرأة هي محور هذه القصص تقريبا في القصص التي نشرت قبل 1969 بينما كان الموظف هو العلامة البارزة في قصص ما بعد سنة 1969.

صوّرت هذه القصص المرأة مخلوقاً ضعيفا مستغلا يائسا، وفي السبعينيات قلّ اهتمام القصة بالمرأة لكنها بقيت أيضاً في القصص التي اهتمت بها عنصراً ضعيفا في المجتمع رغم ما تحقّق لها من تقدّم نسبي في مخلتف المجالات.

ورغم ما نجده من قصص أولت الفلاح اهتمامها وكشفت بعض صور الاستغلال التي يتعرض لها الاّ أن هذه القصص لم تنجح في ابراز الصورة الحقيقية للفلاح المصري كما هي في واقع الحال ولا تكفي القصص القليلة التي انصفت الفلاح لتجعل من الممكن القول أن القصة قد أوضحت الحياة الحقيقية في الريف المصري.

أمّا العامل المصري فلا يكاد يكون موجودا في هذه القصص، ولا تناسب مطلقا بين القصص القليلة التي لا تتجاوز عشر قصص وبين أعداد الطبقة العاملة في مصر عدا عن أن هذه القصص لم تتناول عمّال المصانع بل وصفت عمّالا وحرفيّين يعملون في مشاريع خاصة.

ويمكن القول بعد دراسة الحياة الاقتصادية والسياسية والاجتماعية في مصر وبعد دراسة القصة القصيرة في "الهلال" أن القصة القصيرة قبل سنة 1969 كانت بعيدة إلى حدّ كبير عن المشاكل الحقيقية التي كان الشعب المصري يعاني منها رغم وجود عدد من القصص كشفت بعض صور البؤس والاستغلال.

ولم تعكس القصة الاجتماعية آثار ثورة يوليو أو توضح ما قامت به من تغيير.

وبعد سنة 1969 طرأ تغير كبير على موقف القصة القصيرة، فقد تناول الكتّاب الجدد الواقع بكل ما فيه من بؤس وشقاء واستغلال وانحراف مركزين بصفة خاصة على الموظف، وغدت معظم القصص متأثرة بهذا الواقع حتى القصص العاطفية أصبح أبطالها يشكون الفقر والغلاء وأزمة السكن بينما كانت قبل 1969 تعتمد على المصادفات والمفاجآت السارة والمواقف الرومانسية.

ولكن هذه القصص رغم ما قامت به من تصوير لأبعاد هذا الواقع في السبعينيات الاّ أنها لم تدع للقارئ خيطاً من الأمل في امكانية التغيير بل ملأت نفسه تشاؤما وقنوطا.

* القصص القصيرة التاريخية الموضوعة

تناولت القصص التاريخية أحداثا كثيرة من عصور مختلفة وركّزت على قيم التضحية والفداء والاخلاص في سبيل الوطن كما صوّرت بعض الفتن والمؤامرات التاريخية مطعّمة بشيء من المواقف الغرامية.

وهذه القصص في معظمها نشرت في الهلال ما بين العشرينيّات والأربعينيات، وقد أكتفت بنقل حوادث التاريخ كما وردت في كتب التاريخ والأدب بشيء من التزويق والتأنق اللفظي دون أن تربط ما بين الماضي والحاضر ودون أن تبحث في حقيقة هذه الأحداث أو توضّح الظروف الموضوعية التي أحاطت بها.

وقد قلّت إلى حدّ كبير هذه القصص التاريخية بعد سنة 1969 لكن ما نشر بعد هذا العام رغم قلّة العدد كان أنضج في معالجته من القصص السابقة وكانت أنجح المحاولات عند جمال الغيطاني.

* القصص القصيرة الوطنية الموضوعة

اتّسمت هذه القصص قبل سنة 1969 بطابع شمولي، فقد تناولت ألوانا من النضال ضد الاستعمار في مصر وسوريا والجزائر وفلسطين، لكن هذا التناول كان سطحيا حيث غفل الكتّاب عن الأبعاد الحقيقية للمطامع والأساليب الاستعمارية، وغفلوا عن طبيعة الظروف التي كان يعاني المجتمع العربي في هذه البلاد، وانطلق هؤلاء الكتّاب في قصصهم بحماس مفرط يركّزون على بطولات فردية مثالية متشابهة في كل بلد.

ولا نقرأ في هذه القصص اشارة لدور ثورة يوليو 1952، أو تقييما لحرب 1967، أو حرب اليمن، أو الوحدة بين مصر وسوريا، لكننا نقرأ بضع قصص عن ثورة 1919 نشرت في الأربعينيات.

وبعد سنة 1969 نقرأ قصصا وطنية تركّز على حرب الاستنزاف، وحرب 1973 وتوضّح مشاركة فئات مختلفة من المواطنين في هذه الحروب، لكن هذه القصص صوّرت الصراع وكأنه مجرد حرب بين مصري ويهودي مغفلة البعد القومي والعالمي لهذا الصراع، ومن بين خمسين قصّة وطنية نشرت في السبعينيات لا نجد سوى قصة واحدة تتحدّث عن كفاح شعب فلسطين، وهذه القصة للكاتب الفلسطيني توفيق فيّاض، ولا يخفى ما في هذا الاهمال من دلالة سلبية، وقضية فلسطين هي محور قضايا الشرق الأوسط ولولاها لما كان هذا الصراع بين مصر واسرائيل.

* القصص القصيرة السياسية الموضوعة

هذه القصص قليلة في عددها، وما نشر منها جاء بعد سنة 1969، وقد نقدت هذه القصص الخلل في الأوضاع السياسية، فتعرضت بالنقد لأساليب الحكم، كما تعرضت بالنقد لرموز الحكم بدءاً من المخبر الصغير إلى الحاكم الكبير.

وتخفّت هذه القصص وراء الرمز، والايحاء، وتيّار الوعي، والحلم والغموض.

ومع بدايات سنوات الانفتاح في عهد السادات أخذت القصص الوطنية والسياسية تقل تدريجيا حتى توقفت نهائيا تاركة ميدان التعبير للقصة الاجتماعية.

* القصص القصيرة العلمية الموضوعة

منذ أن نشرت "الهلال" أول قصة علمية وحتى سنة 1980 لا نجد تطورا ملموسا في اتجاهات هذه القصص باستثناء ما طرأ عليها من تطور في بنائها الفنّي.

لقد كانت هذه القصص القليلة تقليدا فجّا لما كتبه الكتّاب الغربيون، وتسجيلا لأحلام الكتّاب في حياة مثالية، وحلولا مثالية لبعض المشاكل العالمية.

ويعيب هذه القصص أنها قفزت عن فجوة واسعة من التأخر والجهل والظلم في عالمنا العربي إلى تخيّلات وافتراضات بعيدة عن الواقع، وإذا كان للكاتب الغربي ثمة عذر ومبرر في قصصه العلمية ذات الخيال الواضح المحلق فلا عذر للكاتب العربي في أن يحلّق مثله مثل الكاتب الغربي وكأن لا وجود للواقع العربي الذي يخالف الواقع الأوربي تطورا وعلما وامكانية.

* البناء الفني للقصص القصيرة الموضوعة

بدأت القصة القصيرة الموضوعة عام 1914 وقد تخلل بناءها كثير من الشوائب والعيوب، لكنها ما لبثت تدريجيا أن تخلصت من هذه العيوب وظلت حتى عام 1969 محتفظة بنمط القصة القصيرة التقليدية التي تهتم بوضوح الشخوص والأحداث والزمان، وتخدم غالباً أغراضا اجتماعية واصلاحية، ويكيّف كتّابها أحداث قصصهم لتخدم تلك الأغراض وتشوّق القارئ وتثيره في آن واحد.

وقد تأثرت القصة القصيرة بعد سنة 1969 بدرجات متفاوتة بالأسلوب التعبيري حيث ظهرت سمات هذا الأسلوب كتيار الوعي، والرمز، والحلم، والأسطورة، واهمال الوصف الخارجي، واهمال مسألة وضوح الزمان والمكان ... ظهرت هذه السمات كلها في قصص هذه المرحلة.

ورغم ما طرأ على القصة القصيرة من تطوّر في المضمون والشكل الاّ أننا لا نزال نجد قصصا لا تزال ملتزمة بالشكل التقليدي وبنفس النظرة الضيّقة التي نظر بها الكتّاب قبل نصف قرن إلى مشاكل عصرهم.

* القصص القصيرة المنقولة

بدأت "الهلال" بالقصص التاريخية المترجمة التي كانت أقرب إلى المقالة وكانت تدور حول سيرة نابليون وملوك وأمراء أوربا، ثم ما فتئت بعد ذلك أن ظهرت القصص الاجتماعية والوطنية وغيرها.

وقد ركّزت القصص الاجتماعية على العلاقات الاجتماعية داخل الأسرة وبرز من بينها اللون العاطفي، وراعت "الهلال" فيما قدّمته من قصص منقولة مزاج وهوى القارئ العربي لكنها ابتعدت به عن واقعه أحيانا كثيرة، وكانت القصص التي تمتاز بعمق انساني كبير قليلة.

وقد تميّزت القصص المنقولة بتنوّع اتجاهاتها، واختلاف جنسيّات كتّابها، وفي أن قسما كبيراً منها اهتّم فقط بالاثارة والمفاجآت والأجواء الغريبة.

وبعد سنة 1969 فتر اهتمام "الهلال" بالقصص المنقولة وظلّ القليل الذي نقلته مماثلا لما كانت تنقله سابقا عدا اهتمام ملحوظ بالقصص الافريقية والبوليسية.

وقد ظلّت القصة المنقولة محتفظة بخصائص القصة القصيرة التقليدية باستثناء بضع قصص نشرت بعد 1969 وبرزت فيها ملامح من التعبيرية.

* ملاحظات أخرى

وصلت "الهلال" إلى أوج مكانتها عندما كان جورجي زيدان مشرفا على رئاسة تحريرها حتى سنة 1914، وبقيت محتفظة بنفس المكانة أبّان رئاسة ابنه أميل زيدان حتى أوائل الأربعينيات.

وكانت سنوات الستينيات أيضاً من السنوات التي شهدت فيها "الهلال" أفضل وأعمق الكتابات.

وأعتقد أن الحركة الفكرية في مجلة "الهلال" و "الحركة الأدبية" يستحقان دراسات وبحوثا في مجال الدراسات العليا مع أنه سبق أن درست مواقف "الهلال" الفكرية في الخمسينيات.

المصادر والمراجع

المصادر:

أعداد مجلات "الهلال" منذ سنة 1892 – 1980م.

المراجع العربية:

1. ابراهيم عبده ، تطوّر الصحافة المصرية، (القاهرة: مكتبة الآداب، ط3، 1951).
2. ابراهيم عبده، محنة الصحافة وولّي النّعم، (القاهرة: سجل العرب, 1976).
3. أحمد أمين، المفصّل في تاريخ الأدب العربي، (القاهرة: المطبعة الأميرية، ج2، 1936).
4. أحمد حسن الزيّات، تاريخ الأدب العربي، (القاهرة: دار نهضة مصر للطبع والنشر، مطبعة الرسالة ، ط 23).
5. أحمد حسين الصاوي، فجر الصحافة المصرية، (القاهرة: الهيئة المصرية العامة للكتاب، 1975).
6. أحمد الزعبي، التيارات المعاصرة في القصة القصيرة المصرية، (القاهرة : رسالة ماجستير مخطوطة باشراف سهير القلماوي، 1976).
7. أديب مروّة، الصحافة العربية، (بيروت، دار مكتبة الحياة، 1961).
8. جرجي زيدان، تاريخ آداب اللغة العربية، (القاهرة: دار الهلال، ج4).
9. حامد حفني داود، تاريخ الأدب الحديث، (القاهرة: دار الطباعة المحمدية، 1969).
10. حسني نصار، صور ودراسات في أدب القصة، (القاهرة: مكتبة الانجلو المصرية، 1977).
11. خليل صابات، حرية الصحافة في مصر "1798-1924"، (القاهرة: مكتبة الوعي العربي، 1973).

12. رفعت السعيد، تاريخ الحركة الاشتراكية في مصر" 1900-1925"، (بيروت: دار الفارابي، ط2، 1975).

13. سهيل ادريس، القصة في لبنان، (معهد الدراسات العربية العالمية، 1957).

14. سيّد حامد النسّاج تطور فن القصة القصيرة في مصر (القاهرة: دار الكتاب العربي 1968)

15. سيّد حامد النسّاج، دليل القصة القصيرة المصرية "1910-1961"، (القاهرة: الهيئة المصرية العامة للكتاب، 1972).

16. شحاته عيسى ابراهيم، الكتاب الأسود للأستعمار البريطاني في مصر، (القاهرة: الدار القومية للطباعة والنشر، 1965).

17. عبّاس خضر، القصة القصيرة في مصر منذ نشاتها حتى 1930، (القاهرة: الدار القومية للطباعة والنشر، 1966).

18. عبدالحميد ابراهيم، القصة المصرية وصورة المجتمع الحديث، (القاهرة: دار المعارف، 1973).

19. عبد الرحمن أبو عوف، والبحث عن طريق جديد للقصة القصيرة المصرية، (القاهرة: الهيئة العامة للتأليف والنشر، 1971).

20. عبد الرحمن ياغي، الجهود الروائية من سليم البستاني إلى نجيب محفوظ، (بيوت: دار العودة).

21. عبد العظيم رمضان، صراع الطبقات في مصر- "1837-1952" (القاهرة: المؤسسة المصرية للدراسات والنشر، 1978).

22. عبد اللطيف حمزة، قصة الصحافة العربية في مصر، (بغداد: مطبعة المعارف، 1967).

23. علي محافظة، الاتجاهات الفكرية عند العرب في عصر- النهضة، (بيروت: الاهلية للنشر- والتوزيع، 1975).

24. غالي شكري، النهضة والسقوط في الفكر المصري الحديث، (بيروت: دار الطليعة للطباعة والنشر- 1978).

25. غالي شكري، محاورات اليوم السابع، (بيروت: دار الطليعة، ط1، 1980).

26. فؤاد دوّارة، في القصة القصيرة، (القاهرة: مركز كتب الشرق الأوسط، 1966).

27. فؤاد مرسي، هذا الانفتاح، (القاهرة: منشورات صلاح الدين، 1977).

28. فيليب دي طرازي، تاريخ الصحافة العربية، (بيروت: المطبعة الأدبية، ج3، 1914).

29. لويس عوض، تاريخ الفكر المصري الحديث، (القاهرة: دار الهلال، 1969).

30. محمد جابر الانصاري، تحوّلات الفكر والسياسة "1930-1970"، (الكويت، سلسلة عالم المعرفة، 1980).

31. محمد رشدي حسن، أثر المقاومة في نشأة القصة المصرية الحديثة، (القاهرة: الهيئة المصرية العامة للكتاب، 1974).

32. محمد كامل الخطيب، السهم والدائرة، (بيروت: دار الفارابي، 1979).

33. محمد محمد حسين، الاتجاهات الوطنية في الأدب المعاصر (بيروت: مؤسسة الرسالة، ط4، 1980).

34. محمد يوسف نجم، القصة في الأدب العربي الحديث، (بيروت: منشورات المكتبة الاهلية، ط2، 1961).

35. محمود السمرة، أدباء معاصرون من الغرب، (بيروت: دار الثقافة، 1964).

36. محمود تيمور، اتجاهات الأدب في السنين المائة الأخيرة، (القاهرة: مكتبة الآداب، 1970).

37. محمود حامد شوكت، الفن القصصي في الأدب العربي الحديث، (القاهرة: دار الفكر العربي، ط1، 1963).

38. يحيى حقي، فجر القصة المصرية، القاهرة، وزارة الثقافة والارشاد القومي).

39. يوسف أبو حجّاج، كتابات مصرية "3"، (بيروت: دار الفكر الجديد، 1975).

المراجع المترجمة:

1. جورج كيرك، موجز تاريخ الشرق الاوسط من ظهور الاسلام إلى الوقت الحاضر، ترجمه عمر الاسكندري، ومراجعة سليم حسن، (القاهرة: مركز كتب الشرق الأوسط، 1957).
2. روبرت مابرو، الاقتصاد المصري "1952-1972"، ترجمة صليب حوّاس، (القاهرة: الهيئة المصرية العامة للكتاب، 1976).
3. لوتسكي، فلاديمير بوريسوفيتش، تاريخ الاقطار العربية، وترجمة عفيفة البستاني، مراجعة يوردي روشين، (موسكو: دار التقدم، 1971).
4. لوتسكيفيتش، ف. أ. ، عبد الناصر ومعركة الاستقلال الاقتصادي" 1952-1971"، ترجمة سلوى أبو سعده وواصل بحر، (بيروت: دار الكلمة، 1980).
5. مورو بيرجر، العالم العربي اليوم، ترجمة محي الدين محمد، (بيروت: دار مجلة شعر، 1963).
6. مولود عطا الله، نضال العرب من أجل الاستقلال الاقتصادي، ترجمة خيري الضامن، (موسكو: دار التقدم، 1971).
7. نجلاء عز الدين، العالم العربي، ترجمة محمد عوض ابراهيم، (القاهرة: دار احياء الكتب العربية بالتعاون مع مؤسسة فرانكلين، ط2، 1962).
8. هنري توماس، أعلام الفن القصصي، ترجمة عثمان نويه، مراجعة محمد بدران، (القاهرة: المؤسسة المصرية العامة للتأليف والنشر، 1956).

الدوريات:

أكتفي بذكر أسماء هذه المجلات، وأماكن وسنوات صدورها، وارقام اعدادها، وذلك لأن بقية المعلومات وردت مفصلة حيثما أشير إليها:
1. عالم الفكر، (الكويت: العدد "3"، سنة 1980).
2. الفيصل، (الرياض: العدد "53"، سنة 1981).

3. القصة، (القاهرة: الاعداد 1، 3، 5، 6، سنة 1964).

4. المجلة، (القاهرة: الاعداد 116، 117، 118، سنة 1966

العدد 134 سنة 1968.

العدد 138 سنة 1968

العدد 152 سنة 1969).

5. المعرفة، (دمشق: العددان 186، 190 سنة 1977).

6. الوطن العربي، (باريس: العدد 288، سنة 1982).

* الصحف:

1. الرأي، (عمان: 27 كانون الثاني 1982).

* إرشادات:

الرموز:

هـ: الهلال.

ز: الزهور

فهرس المحتويات

الفصل الثاني

القصة القصيرة في مجلة "الهلال"، اتجاهاتها، محاورها، مراحلها،

بيئاتها، كتّابها.

المرحلة الأولى (1892-1969)

الفصل الثالث
القصرة القصيرة في مجلة "الهلال"
معمارها الفني، نماذج مختارة للدراسة والتحليل
المرحلة الأولى (1892-1969)

القصة القصيرة الموضوعة، خصائصها الفنية، كتّابها، نقد وتقويم.

Printed in the United States
By Bookmasters